Marie Prieur

Terrain miné

Edilivre

« La vie, ce n'est pas d'attendre que les orages passent, c'est d'apprendre à danser sous la pluie. »

Sénèque

Intro

Quand elle pense au lendemain, les jours se ressemblent et elle ne sait pas vraiment si elle a envie d'en savoir plus… Drôle d'impression…

Elle se secoue, se dit qu'il y aura des jours meilleurs, sans arriver à savoir si c'est réellement ce qu'elle veut.

A côté d'elle il dort, du sommeil du juste dit-on, foutaises…

Elle, elle sait…

Chap. 1
29 décembre

Il est sept heures et le réveil sonne, musique habituelle, Kokomo, des Beach Boys, musique du film Coktail. J'aimais bien, il y a quinze ans…

Pas mal pour se réveiller si le son est mis au plus fort. Mais ce matin, mauvais réglage, on l'entend à peine…

Elle ne dit rien et ne bouge pas. Pas envie d'intervenir et de faire que cette journée commence.

Trop de points d'interrogations dans sa tête. Il dort toujours, bon… Laissons faire. La musique faiblit puis s'arrête. Il lui tourne le dos, « l'hôtel des culs tournés » disait sa grand-mère, pas très bon signe. Cette femme savait de quoi elle parlait.

Une poignée de secondes plus tard, l'alarme se remet en route… Il grogne, bouge un peu et se retourne, visage face à elle.

Elle ne sait pas vraiment si elle le connaît, et pourtant… Tant d'années de vie commune, deux enfants déjà grands, et pourtant l'impression d'être allongée auprès d'un inconnu. Qu'a-t-il dans la tête ? Et s'il faisait semblant de dormir ?

Ils se sont rencontrés chez des amis communs, il y a plus de vingt ans. Il était déjà sûr de lui, c'est même cette assurance qui lui avait plu. Il avait le verbe haut, plaisantait avec tout le monde et paraissait très à l'aise en société. Oui, très à l'aise…

Thomas a aujourd'hui quarante neuf ans. Elle le regarde avec détachement, sachant qu'à partir du moment où il sera réveillé, il prendra le contrôle de la journée. Elle s'accorde un peu de répit, elle le regarde…

Les tempes sont légèrement grisonnantes, les cheveux châtains, les sourcils fournis, ce qui lui donne, trouve-t-elle, un regard pénétrant, voire assez sombre selon les jours ou les circonstances. Il est grand et massif, imposant même. En fait, elle s'aperçoit que même endormi il respire la force et la confiance en lui.

Aujourd'hui, 29 décembre, c'est son anniversaire. Ils doivent aller ce soir dîner avec des amis dans un restaurant mondain…

« Il faudra assurer » lui a-t-il dit quand il a lui-même fixé cette soirée. Il est persuadé qu'Yves D., l'ami en question, va lui prêter son bateau cet été « pour peu qu'on les fréquente un peu, c'est quand même pas trop demander ? »

Yves est responsable d'une agence de comme concurrente…

Elle n'a rien prévu comme cadeau, il se les achète lui même.

Il sait toujours mieux que quiconque ce qui lui convient, alors pourquoi prendre un risque ?

C'est triste d'être comme ça, lui a dit Marion, la compagne d'Yves avec qui elle s'entend bien, heureusement au moins pour la soirée à venir !

Elle entend Clément bouger dans la salle de bains. Il est bien tôt pourtant pour lui, en général il fait la grasse matinée, il en profite pendant les vacances scolaires…

Viendrait-il seulement de rentrer au contraire ? Il est sorti hier soir, cinéma et pizzeria… Pourquoi ne pas manger d'abord avait-elle demandé ? Mais apparemment ça ne se fait plus comme ça…

Quand elle s'est couchée il était près de minuit et il n'était pas encore là…

Thomas non plus d'ailleurs… Une soirée de travail avec sa boîte, présentation à un nouveau client. Il avait dit qu'il rentrerait tard. Il ne précise pas toujours. C'est presque comme si elle devait se contenter de savoir qu'il était pris. Elle gérait seule le quotidien depuis toujours, peut-être avec de moins en moins de conviction se l'avoue-t-elle…

Elle se prend à soupirer et s'en veut. Cette fois ça y est, Thomas se retourne pris dans la couette.

– « Le réveil n'a pas sonné ? »

Elle fait celle qu'on tire de sa torpeur…

– « J'en sais rien… Pas entendu… Bonjour à toi aussi ! »

Il peste… Comme si c'était de sa faute à elle… Et voilà, pense-t-elle, c'est parti…

Clément a déjà refermé la porte de sa chambre quand elle arrive dans le couloir.

Thomas est sous la douche. Il l'a prévenu qu'il ne déjeunerait pas, pas le temps, il est d'une humeur de chien…

Sophie, leur fille de 13 ans, dort encore ; elle entend un léger ronflement. Elle sourit. Au même âge, vacances ou pas, son père ne l'aurait pas laissé dormir jusqu'à midi. Les temps changent, pense-t-elle…

Machinalement, elle a lancé la machine à café, posé son mug en dessous et chantonne en même temps que l'ipod un air à la mode. Elle est là et ailleurs en même temps, l'impression d'être en pilotage automatique.

Thomas arrive, saisit la télécommande et stoppe net la musique…

– « Elle est où ma chemise bleue ?

– Laquelle ? Celle que tu avais hier ?

– Ah oui merde… Bon, décidément c'est la journée !…

– Journée de… ? » Hasarde-t-elle, rien que pour lui faire perdre un peu de temps, encore.

Mais il est parti fouiller dans le dressing, elle entend sa mauvaise humeur.

Quelque chose tombe, une chaussure sans doute… Il jure…

Quelques minutes après, il repasse en trombe, dépose par habitude un baiser à la volée au sommet de sa tête.

Elle n'a même pas le temps de lui demander s'il se souvient seulement que c'est son anniversaire et que ce soir ils sortent…

La porte se referme. Elle ne claque pas, non ; la maison est bien trop classe pour ça. Tous les bruits sont amortis, des tiroirs de cuisine aux portes coulissantes des placards, tout se referme comme si plus personne n'avait le temps ou le courage de pousser une porte jusqu'au bout…

Mais pourquoi pense-t-elle à ça ?…

Elle devrait plutôt penser à elle, à son boulot.

On lui a transmis un nouveau dossier à étudier, elle doit plaider dans un mois. La semaine prochaine elle a deux rendez-vous à la prison des femmes pour rencontrer sa cliente. Elle se refuse tout simplement de penser à cela pour le moment ; infanticide, c'est toujours difficile de comprendre la mère, son propre enfant quand même…

Elle vaque distraitement aux occupations ménagères… Appelons ça comme ça si le fait de chercher méticuleusement à travers la maison les divers objets « égarés » par ses deux enfants peut rentrer dans cette catégorie…

Elle vient d'apercevoir ce qui lui semble être un paquet de cigarettes vide sous le canapé quand le téléphone sonne.

Elle se redresse en hâte et cherche des yeux le combiné du fixe qui, bien sûr, n'est pas sur son support… tandis qu'il lui semble entendre Sophie qui a déjà décroché…

Bon, cet appel était attendu apparemment. Dire que pour elle, le fait d'être appelée chez ses parents, de bon matin, à l'âge de sa fille, aurait mis sa mère dans tous ses états… Et son père aurait définitivement réservé le seul poste de la maison aux appels « nécessaires » !

Elle se surprend à se rapprocher de la porte de la chambre de sa fille…

Mais l'ado a baissé le ton…

La matinée passe… Sophie a émergé vers 10h, Clément une heure après.

Un bisou vite fait sur la joue de leur mère en passant, p'tit dej vite pris, debout près du bar avec les écouteurs sur les oreilles. Les beaux tabourets chromés (si chers que le designer a dû partir en vacances direct après leur avoir vendu les quatre !) ne seront pas vite usés au moins !

Quand a-t-elle arrêté d'essayer de donner son avis ? De leur parler quand elle les avait en face d'elle, d'avoir des échanges normaux avec ses enfants lui semblait il… De leur dire d'oublier un peu leur musique et de lui parler, à elle…

Mais maintenant c'est plutôt eux qui viennent quand ils ont besoin de quelque chose : linge propre, argent de poche pour une toile ou autre mac do…

Ils sont partis tous les deux, sans dire où. Elle suppose qu'elle a oublié d'ailleurs, soit de leur demander, soit ce qu'ils lui ont dit hier ou avant sur leur planning du jour…

« Juste pour info » comme dit Clément, comme s'il était évident pour tout le monde qu'elle n'est là qu'en tant que figurante…

Enfin, ce dont elle est sûre, c'est qu'ils sont censés rentrer comme chaque soir au minimum pour le dîner à 19h30.

De toutes façons, Thomas et elle ne partiront que vers vingt heures pour le resto, « ça ne se fait pas d'arriver tôt ». Elle se demande bien pourquoi, elle qui a faim quand arrive dix-neuf heures, et du coup est obligée de grignoter ce qu'elle trouve pour tenir le coup, quitte à arriver à table quasi repue…

Enfin… Elle soupire et se trouve idiote.

Elle est sûre que si une amie lui disait comment vivent ses enfants, elle saurait lui donner un conseil judicieux, genre parle leur, ne rompt pas le dialogue… etc… oui mais… c'est à elle que ça arrive et c'est chez elle que ça se passe comme ça, et elle ne fait rien…

Ce n'est pas qu'elle ait mauvaise conscience, c'est au delà. Juste l'impression de ne pas vivre vraiment sa vie, de laisser les jours passer les uns après les autres, sans même l'espoir que quelque chose change un jour…

Le soir arrive, fin de cette journée banale, début de la galère du jour, elle n'appréhende pas, mais ça l'ennuie profondément par avance…

Il est dix-neuf heures déjà, et elle est toujours seule. Elle a pris sa douche vers dix huit heures, s'est légèrement maquillée, pour « avoir l'air présentable mais pas non plus style voiture volée »… Elle est programmée lui semble-t-il, pour entendre la voix de Thomas lui prodiguer ses « conseils » quoiqu'elle fasse. Ne s'agirait-il pas plutôt « d'ordres » ?

Rien n'est jamais assez bien de toutes façons, elle ne se berce pas d'illusions. Elle a pourtant mis la robe fourreau rouge qui ne lui va pas mal… a-t-il laissé tomber un soir où il était en veine d'amabilités…

Pas de nouvelles non plus de ses deux enfants qui devaient tous les deux être rentrés pour dix-neuf heures dernier carat… Que faire ?

Elle prend sans vraiment y penser le couloir qui mène au dressing, histoire de voir quelle veste prendre ce soir et entre dans le vestiaire, comme on devrait dire quand on habite en France, mais bon, c'est comme le reste, on ne lui a pas demandé son avis avant d'angliciser la moitié des mots du dictionnaire…

C'est donc vers le dressing qu'elle va… Il lui semble que dans sa tête au moins, tout est remis en question aujourd'hui… Elle est fatiguée…

Elle s'aperçoit dans les miroirs… Ne se reconnaît pas, ne se connaît pas, plutôt.

Qui est cette femme, seule dans une maison qui ne lui ressemble pas, à attendre qu'on se souvienne qu'elle existe ?

Elle soupire et se secoue. Autant réagir, ne pas leur donner à tous le plaisir de la voir perdre pied, ils ne comprendraient pas, elle a tout pour être heureuse !

Un boulot qu'elle aime, deux enfants en bonne santé, une grande et belle maison, une belle voiture, un mari… un mari quoi ?

Absent ? Désagréable ? Arrogant ? Futile ?… Inadapté au mariage ? Ou bien est-ce elle qui attend trop ? Elle ne sait plus.

Elle a entendu la porte d'entrée. Mais bien sûr, personne ne dit un simple bonsoir ou un coucou ou rien du tout… La douche coule maintenant, et elle suppose que c'est l'un de ses enfants qui aura voulu éviter les questions… mais dans le séjour c'est le sac de Thomas qu'elle voit jeté sur le canapé…

Elle appréhende sa mauvaise humeur, comme si bien sûr elle allait encore être fautive, et commence même à essayer de trouver quelque chose de gentil à dire.

Et puis non. Pourquoi après tout ? Ça ne changera rien. Elle s'assied dans le canapé et prend une revue. Si on veut lui parler, on sait où la trouver !

Faisons comme si tout ça était normal, on verra bien…

Chap. 2
29 décembre

Ils sont maintenant dans le taxi qui les emmène au restaurant.

Ses deux enfants sont arrivés quand ils partaient, ensemble, en riant. Ils leur ont fait vite fait un bisou furtif sur la joue et lancé un *bonne fête d'anniv* à leur père…

Ils ont compris, et admis peut-être, eux, que les anniversaires de leur père ne se passaient jamais à la maison. Est ce que ça les dérange ? Je n'en sais rien…

Pas d'excuse pour leur retard, et ils avaient même l'air très contents d'être seuls pour la soirée.

Elles les a trouvés si beaux, si jeunes, si frais, si insouciants, tout le contraire d'elle !

Elle s'est fait l'effet d'une femme qui n'avait déjà plus d'envies, usée avant l'âge…

Est-elle une mauvaise mère ? Devrait-elle se soucier davantage de ce qu'ils vont faire ce soir ? Du temps qu'ils vont passer sur leurs téléphones ? Et qu'est ce que ça changerait ? En fait, ça la soucie effectivement bien entendu, mais elle pense ne plus rien y pouvoir, avoir dépensé toute l'énergie qu'elle avait en elle les dix dernières années.

C'est ce qui s'appelle avoir baissé les bras, avoir *démissionné,* imagine-t-elle entendre dans la bouche des services sociaux qu'elle imagine souvent, quand elle ne dort pas, arriver chez elle et lui reprocher tout ce laxisme.

Elle leur répondrait qu'ils ont deux parents, que la faute ne lui est pas imputable à elle seulement… Mais leur père est si souvent absent pour son travail, a une amplitude horaire beaucoup plus large qu'elle (à quoi passe-t-il son temps en fait ?)

Elle, elle a su aménager son temps de travail pour justement être davantage présente à la maison pour ses enfants, et quand ils étaient plus petits et qu'ils avaient encore besoin d'elle, les emmener à la danse, au piano, à l'équitation, au tennis, aux cours de guitare…

Sans doute devrait-elle reprendre à temps complet maintenant. En a-t-elle la force ? Culpabiliser à longueur de journée peut ronger de l'intérieur, lui dit souvent son père. Il faut dire qu'il est psy. Il ne voit donc absolument pas la vie par le même bout de la lorgnette…

Il semble que Thomas lui ait parlé car elle *sent* qu'il la regarde maintenant d'un air interrogateur, avec le sourire de côté qu'elle lui connaît bien, genre : Tiens, encore dans tes pensées, tu ne m'as pas écoutée et après tu vas dire que je ne te l'ai pas dit, ce qui est sans doute vrai quelquefois, mais aussi une excuse trop facile !

Un réflexe basique, elle lui prend la main en souriant avec un petit mouvement de tête, style tu as raison bien sûr.

Ça a eu l'air de passer…

Ils sont en passe d'arriver, elle reconnaît la rue où va se garer le taxi, car pas moyen d'aller jusqu'au resto e voiture, le quartier est piétonnier. Ça se trouve dans les vieux quartiers préservés. Un très joli coin d'ailleurs, où il ne fait pas bon venir manger avec une carte de crédit vide… Thomas descend, pressé de régler le chauffeur, et d'aller en représentation…

Elle prend son temps, exprès, croise les jambes comme elle a vu faire dans une émission dont la bienséance était le sujet… Ça l'amuse, pour deux raisons ; d'abord parce que ce n'est pas du tout elle (qui peut avoir envie de regarder sous sa robe ? Et puis elle porte des collants…) Et ensuite, et surtout, parce qu'elle est tout sauf pressée de se rendre à cette soirée !

On leur ouvre la porte en verre et elle perçoit déjà l'atmosphère feutrée et BCBG dans laquelle il va lui falloir se fondre. Elle a soudain envie d'un concert de hard, ou même une rave, quelque chose de transgressif qui la ferait se sentir vivante !

Une sensation d'étouffement la saisit à la gorge, puissante, comme une vague mauvaise.

Elle sent ses jambes devenir comme du coton, et en même temps elle a très froid, ou très chaud, impossible de savoir, et elle tombe sur le sol capitonné.

Elle reprend conscience assise dans un fauteuil confortable, à l'écart de la salle de restauration, l'endroit qu'on devait appeler avant le fumoir, une endroit très feutré, très cosy, comme le fauteuil certes, mais aussi les murs…

Elle a l'impression qu'elle pourrait crier, personne ne l'entendrait… Car elle est seule, il faut bien qu'elle l'admette… Elle fait une petite moue et essaie de se redresser car elle a été déposée un peu en vrac ; sa robe est légèrement remontée sur ses jambes.

Son mouvement alerte un serveur qui passait en

direction de la cuisine lui semble-t-il.

Il vient vers elle d'un pas souple (en même temps vu l'épaisseur de la moquette on n'entendrait pas arriver un cheval au galop…)

– Vous vous sentez mieux, madame ? Je vais prévenir monsieur que vous êtes revenue à vous !

– Mais monsieur est où ? (question bête… pourquoi être resté près d'elle, c'est sa soirée d'anniversaire après tout !).

– Il est à table, madame, avec ses amis, je vais le prévenir !

Et voilà Thomas qui arrive. Et aussitôt elle sait qu'elle a gâché la soirée et qu'il lui en veut.

– Ça y est, t'as fini ? Tu t'es bien fait remarquer ! Tu t'es demandée ce que les D.

allaient penser ?

Elle avale sa salive avant de trouver quoi répondre… Et puis ne répond rien, et d'ailleurs, qu'y aurait-il à dire ?

A-t-elle fait semblant, ou exprès, d'avoir un malaise ? Ça devrait la mettre en colère, mais ça la rend juste très triste… En fait, pour qui compte-elle ?

Sa mère est morte il y a maintenant une dizaine d'années, des suites d'une « longue maladie »… Son père habite loin, dans le centre de la France et ils ne s'appellent au mieux que deux ou trois fois par an, et se voient un an sur deux pour Noël…

Ses enfants sont trop contents quand elle n'est pas là, elle est juste leur intendante, vêtements propres et estomacs bien remplis…

Et Thomas ? Thomas… n'y pense même pas, se dit-elle…

Impossible. Son mari s'impose devant elle et essaie de

la mettre debout, d'un air plus qu'impatient…

Elle n'a toujours pas ouvert la bouche, elle le laisse parler et s'énerver.

C'est vraiment le père de ses enfants, ce mâle qui n'a aucune pitié, aucune gentillesse, aucune délicatesse envers elle ?

Il y a toujours un fond de vérité se dit-elle. Elle a gâché la soirée, c'est idiot…

Thomas est reparti, prévenir les D. qu'elle arrive « enfin »…

Elle se lève en titubant encore un peu, prend son manteau, et marche vers la sortie. Vers la sortie ?

Le portier (elle suppose qu'on appelle comme ça quelqu'un qui reste toute la soirée à attendre que quelqu'un qui ne sait ni ouvrir ni fermer une porte, ait besoin de lui…)… le portier, donc, lui ouvre le passage et lui souhaite une bonne soirée.

Oui, tiens, c'est une bonne idée ça, une bonne soirée !

L'air frais lui fait peu à peu reprendre ses esprits. Elle prend plus ou moins conscience de ce qu'elle est entrain de faire, de fausser compagnie à son mari le soir de son anniversaire. Il n'y a jamais de bon moment en même temps…

Ça, c'est la face émergée de l'iceberg… Parce qu'au-dessous de la surface, il y a tant de rancœurs rentrées, tant de fierté piétinée…

Elle hèle un taxi. Où aller ?

L'homme lui sourit.

– Une soirée qui se passait mal ?

Chap. 3
29/30 décembre

Logique comme question… Elle sort seule d'un restaurant, l'air sans doute un peu perdu, sans vraiment savoir où aller…

Bon, d'abord parer au plus pressé, c'est-à-dire se reposer. Donc l'hôtel lui semble le lieu le plus approprié. Demain quelques achats pour parer à tout ce qu'elle n'a pas, juste le nécessaire, et ensuite aviser…

Elle donne l'adresse de l'hôtel le plus cossu qu'elle connaisse, tant qu'à faire une folie, autant la faire bien, se dit-elle… Et puis elle est sûre d'y trouver les produits de première nécessité, pour sa toilette et son confort…

Elle se prend à sourire en imaginant Thomas qui la cherche et la maudit une fois de plus… Cette fois c'est sûr la soirée sera fichue ! Et est-ce si sûr après tout ?

Il a peut-être repris le cours de sa discussion, goûte le vin du futur plat, savoir s'il s'accordera bien, s'il n'est pas bouchonné… Elle se souvient de la fois où il avait fait renvoyer trois fois de suite la bouteille… Elle aurait voulu disparaître dans un trou de souris…

Le taxi la dépose.

Elle ne s'est même pas demandé ce qu'elle ferait si l'hôtel était complet… Et puis il est vingt-deux heures passées, et elle commence à avoir un sacré petit creux !

– Bonsoir madame.

– Il vous reste une chambre ?

– Bien sûr, madame ! Pour une nuit ?

– Je peux vous redire demain ?

– Mais bien sûr. On va vous conduire à votre chambre, dit le réceptionniste à la jeune femme qui arrive, et il lui tend un passe.

Elles se dirigent toutes deux vers l'ascenseur, tout en verre, où pourrait facilement tenir une famille entière…

La chambre est grande et luxueuse. Elle demande à la jeune femme, en prenant l'air de quelqu'un qui a fait ça toute sa vie…

– Il y a un room service ?

– Bien sûr, madame !

Bien sûr…

– Pouvez vous me faire monter une salade et un grand verre de jus d'orange ?

– Quelle salade madame ? demande la jeune femme en lui montrant un menu posé sur la coiffeuse.

Elle consulte rapidement la papier glacé.

– Je vais prendre une salade de la mer, merci.

La jeune femme repart en tirant la porte avec délicatesse, ici on ne claque pas les portes non plus ! On ne doit pas pouvoir, vu l'épaisseur de la porte coupe feu.

Elle se regarde dans le miroir. Pas si mal après tout, malgré la pâleur… cette robe est jolie, pourtant…

Pourtant quoi ?

Elle suppose qu'elle a toujours su s'habiller correctement, qu'elle a en quelque sorte « respecté le contrat » à savoir être disponible, s'occuper de lui et de la maison, des enfants bien sûr, avoir des attentions quand il fallait, chercher à s'intéresser à ce qu'il faisait…

Tout ça pour quoi ?

Pour qu'au bout de vingt ans il ne reste rien, rien que la sensation d'être de trop, ou jamais comme il faut, ce qui est pareil, voire pire. Non, pire assurément car ça fait vivre chaque jour avec mauvaise conscience. Et cette sensation est entretenue par les petites piques envoyées avec rudesse…

Parano ? Non, elle a essayé de s'en persuader mais c'est fini !

On frappe à la porte. Un homme pousse un joli chariot avec une nappe blanche, avec ce qu'elle a commandé. Elle se découvre une faim de loup.

Elle apprécie chaque bouchée de ce qui lui semble être un second souffle, peut-être le début d'une nouvelle vie, il est trop tôt pour le dire.

Pour une fois, pensons au présent, seulement au moment présent se dit-elle.

Un bain bien chaud, tranquille, et personne pour juger du temps qu'elle y reste et qui serait certainement mieux employé à faire autre chose…

La nuit dans le lit moelleux lui apporte tout le réconfort dont elle avait besoin et la ressource.

Elle se réveille, étonnée de voir qu'il fait déjà jour. Il est neuf heures passées. Elle est presque surprise que la police ne soit pas déjà là…

Mais évidemment, elle est largement majeure, et libre d'être où elle veut !

Elle sait qu'elle doit juste prévenir ses enfants, ce sera suffisant pour commencer.

Elle sait aussi qu'il est beaucoup trop tôt pour ça ! Ce serait la meilleure façon de se les mettre à dos que de les réveiller…

Elle se sermonne… ça c'était elle, avant. Maintenant, ça ne doit plus être comme ça ! Le jeu, c'est elle qui le mène…

Elle va mettre un sms, c'est un bon compromis. Ça ne les réveillera pas et au moins seront-ils rassurés quand ils le verront…

Elle se creuse la tête, qu'écrire ?

Je vais bien, j'ai besoin de prendre un peu de recul. Je vous aime tous les deux.

Maman

Elle se relit, se dit que oui, ça reflète bien ce qu'elle veut qu'ils trouvent cet après-midi, quand ils se lèveront… Elle appuie sur envoyer, après avoir regardé leurs petites photos s'afficher sur son écran. Boudeuse pour Sophie, mais elle aime beaucoup cette photo, et son fils branché à ses écouteurs, une fois qu'elle était entrée dans sa chambre, en attendant vainement une réponse à elle ne sait plus quelle question. Elle avait pris cette photo à la sauvette, mais ça lui correspond bien, à son fils !

Bon, le plus délicat maintenant… Doit-elle prévenir Thomas ? L'ancienne elle l'aurait fait, évident. En même temps, elle ne serait jamais partie comme ça non plus !

Elle décide donc que non, elle n'enverra rien… Il saura, ou pas, quand ses enfants sauront…

Elle lui en veut tellement pour hier soir, et ça fait resurgir tous les autres petits événements qu'elle avait mis de côté.

La mémoire est sélective… Mais c'est comme si, par flash, lui revenaient des frustrations accumulées et enfouies et qui peuvent enfin refaire surface.

Tous ces soirs où elle l'a attendu sans jamais un mot pour dire où il était et pourquoi il ne rentrait pas…

Ce n'est donc qu'un juste retour des choses !

Elle se fait monter un petit déjeuner, aussi joliment servi que la salade d'hier soir.

Pas d'autre choix que de remettre la robe d'hier, les escarpins et la veste. Pas de maquillage, elle doit aller faire quelques courses pour parer au plus pressé.

Elle passe à l'accueil prévenir qu'elle passera encore une nuit ici.

– Je le note madame. Par contre après pour le réveillon, nous sommes complets.

– Pas de problème.

Le 30 décembre, il va y avoir du monde dans les grandes surfaces…

Elle attend le bus le taxi une fois ça va, pas d'exagération quand même !). Elle achète rapidement un slim brut en jean, un pull en maille noir, un ensemble de sous vêtements, deux t-shirts, une paire de socquettes et des bottines. Sa veste noire d'hier en lainage fera très bien l'affaire. Une crème de jour teintée, un eye-liner, un lot de chouchous, une brosse à cheveux, et la voilà parée pour les deux jours à venir… Après, elle avisera, réveillon et tutti quanti…

Elle se fait l'impression d'une ado en vacances, et se sent légère !

De retour à l'hôtel, elle enfile sa nouvelle tenue, s'attache les cheveux en queue de cheval. Quelques années de moins lui semble-t-il, qu'hier.

Se maquille légèrement, appelle l'accueil afin que le service de blanchisserie passe chercher ses vêtements d'hier. Trop facile !

De temps en temps, il ne faut pas le nier, une petite voix

se fait entendre… Tu es inconsciente ? Tu sais combien ça va coûter tout ça ? Alors que tu as tout ce qu'il faut chez toi ?

Hum… tout ce qu'il faut… matériellement oui, elle était à l'aise. Pour le reste…

Elle chasse ces pensées comme un insecte indésirable qui s'approcherait un peu trop près d'elle.

Elle sautille presque (une impression seulement évidemment !) et ressort, tout en pensant qu'elle aurait bien fait de s'acheter aussi un petit sac moins habillé que celui d'hier soir qu'elle a au bras et qui dénote avec son ensemble tout simple.

Elle part à pied cette fois-ci et flâne le long des vitrines de la rue piétonne voisine. De beaux magasins de déco, qu'elle n'a jamais eu l'occasion de voir, elle qui habite dans cette ville depuis trente ans !

Elle ne reconnaît pas son reflet, il lui semble voir la femme qu'elle enviait avant, celle qui a tout son temps, la vie devant elle, plus jeune, et surtout tellement plus légère !

C'est à ce moment précis qu'elle entend le bip des messages de son téléphone.

Instantanément, elle a la boule au ventre… La bulle où elle était est percée, crevée, tant de bien-être aussitôt dissipé… retour à la case départ…

Elle se secoue, et se rappelle que cette nuit avant de s'endormir elle s'est promis que tout ça allait changer… Mais est-ce si facile ? Chassez le naturel, et il revient au galop, aurait dit sa mère… Elle est conditionnée pour se sentir en faute…

Bon, au moins peut-elle faire illusion ? Personne ne la voit, elle doit réussir, qui que ce soit qui la contacte, car elle n'a toujours pas sorti son portable de son sac… Elle doit réussir à répondre de façon catégorique, sûre d'elle.

D'une main tremblante, et avec déjà des crampes à l'estomac, elle attrape l'appareil, qui, dans sa main, vibre de nouveau et émet un nouvel avis de message…

Dans la fenêtre, de son téléphone, elle aperçoit les émetteurs… Parfume toi.com et Photosauve…

Pourquoi aller se mettre martel en tête ???

Allez, pour fêter ça, elle entre dans une boutique et choisit un petit sac besace en simili cuir camel, qui ira beaucoup mieux avec son nouveau style que le sac à main raffiné d'hier soir.

Hier ? C'est déjà loin… Une nouvelle elle est née ? Non, rappelle toi cette émotion malsaine qui t'étreint encore… Sur la bonne voie, se dit-elle, pour s'encourager !

Son petit sac est déjà à son épaule, l'ancien dans le sac papier du magasin, comme si elle mettait peu à peu son ancienne vie de côté !

Il va bientôt être midi trente, elle a encore eu trois sms de pubs, et aussi une dizaine de mails, dont deux du boulot, rien de spécial…

Elle ne manque encore à personne semble-t-il, autant en profiter !

Elle hésite, entre un fast food ou autre chose… La devanture, et l'odeur surtout ! d'une crêperie l'attire. Elle entre et s'assied à une petite table non loin du feu de cheminée ! Quels petits plaisirs que ceux de s'asseoir au chaud et de se faire servir !

– Bonjour madame, vous serez seule ? dit le serveur en lui tendant la carte.

– Oui, pourquoi ?

Mince, c'est un peu agressif comme réponse mais c'est parti tout seul.

Mais le jeune homme ne se formalise pas, il doit en entendre d'autres ! Il se contente de lui sourire.

– Bien madame. Parfois les premiers arrivés gardent la place aux autres, c'était juste pour savoir si je vous laissais à une petite table ou non.

Oui, bien sûr, logique ! Bon concentre toi sur ton menu au lieu d'être à cran…

Elle choisit une galette de sarrasin complète salade avec une bolée de cidre et une crêpe au caramel au beurre salé en dessert. Elle en salive d'avance. Son téléphone en main, elle joue un peu à un jeu de quiz qu'elle a téléchargé hier soir.

Une vraie gamine.

Et puis le sms de Sophie arrive en même temps que sa galette…

Salut moum, t'es où ? Tu vas bien ? Papa est un peu en colère… Tu reviens quand ?

Kisses !

Bon, prends ton temps et réfléchis avant de répondre, se sermonne-t-elle.

Elle se force à manger, elle a posé son téléphone sur la table à l'envers pour réfléchir et ne pas être tentée en l'ayant en main, d'envoyer aussitôt quelques mots…

Elle boit une gorgée de cidre, repousse son assiette vide, c'était bon !

Je vais bien merci ma chérie, ne vous en faites pas, j'ai besoin d'un peu de repos c'est tout. Je t'aime, bisous, embrasse Clément pour moi. Maman.

Elle se relit, ça ne lui paraît pas trop mal. Entre trop de spontanéité et trop de réflexion, il faut agir. Elle appuie sur envoyer, c'est parti. Elle range son téléphone.

– Ça a été madame ? Encore un peu de place pour le dessert ?

– Oui, parfait merci, et je prendrai un allongé avec la crêpe s'il vous plait.

Elle regarde un peu autour d'elle. La cheminée qui crépite a l'air de défier le temps et de l'inciter à se relaxer… Elle se fait des idées oui, elle se berce d'illusions et tout ce qu'on voudra, oui, mais c'est son état d'esprit.

Des couples discutent bruyamment, Thomas n'aimerait pas, se surprend-elle à penser… Mais il n'est pas là ! Et elle, ça ne la dérange pas ! Et en plus, ça ne lui manque pas qu'il ne soit pas là, au contraire !

Elle reprend son téléphone et se dit qu'elle contacterait bien une copine pour se faire une toile dans l'après midi.

Elle jette un coup d'œil rapide sur les programmes et trouve une comédie très fleur bleue, parfait, ça !

Ça te dirait de venir au ciné avec moi au Pathé cet après midi, à 15h, « Blue » comédie pour filles entre filles ?

Elle double l'envoi vers une autre jeune collègue qu'elle sait libre pendant les vacances.

Elle reçoit deux réponses rapidement, une fois *ok* ! Et un autre *why not* ?

C'est parti donc !

Aucun problème, les filles ont répondu tout de suite. Comme la vie peut être facile, se dit-elle, et que de choses simples elle a dû manquer ! Elle a bien l'intention de se rattraper !

Mais… un message beaucoup moins amusant vient d'arriver, et quand elle voit l'expéditeur, elle en a d'avance mal dans le bas du ventre…

C'est Thomas, et ce qu'elle aperçoit du message ne laisse rien augurer de bon !

C'est quoi ce cirque Camille ?

Elle appréhende de lire la suite mais en devine déjà la

teneur. Il va la rabaisser, lui faire sentir que son attitude est puérile et ne ressemble à rien.

Son téléphone dans la main, elle hésite… Lire le reste du message ? Elle est déjà persuadée que ce sera désagréable, voire injurieux, ou alors continuer son après-midi comme si elle ne l'avait pas reçu… Sauf que, pourri pour pourri, mieux vaut savoir quand même…

Mais rien d'autre que ce qu'elle a vu…

Quelle façon de prendre des nouvelles de sa femme, se dit-elle…

Là encore aucune inquiétude, juste de l'exaspération d'avoir dérangé son quotidien bien organisé… Ne rien répondre, c'est le mieux, car de toutes façons, quoiqu'elle dise, il considérera que c'est du grand n'importe quoi, un caprice de femme qui a tout pour être heureuse et n'en fait qu'à sa tête…

Il réussit quand même à la déstabiliser. Après tout, n'est ce pas un « caprice » ?

Sauf que… Une petite voix lui dit que c'est un caprice salvateur, et qu'elle ne doit pas renoncer si elle veut effectivement ne pas retomber dans cette vie là, et s'excuser en rentrant chez elle comme une enfant prise en faute.

Est ce ça que tu veux ? se demande-t-elle ?

Non… mais le chemin va être difficile…

Allez, tu n'es pas la seule femme qui un jour se sépare de son mari… Un peu de courage, tu as un métier… Il y a une vie que tu ne connais pas, en dehors de tout ça. Il va juste falloir être très forte.

Sa crêpe arrive, avec l'allongé…

Elle s'aperçoit qu'elle regarde autour d'elle comme une bête traquée…

Respire… se dit-elle, pas d'urgence à décider quoique ce soit.

Elle a l'impression d'être seule au monde, perdue, et ridicule, qui plus est… Tant de femmes envieraient sans doute sa vie d'avant… Tant de choses lui passent par la tête en même temps qu'elle ressent, soudain, le besoin d'air.

Elle avale sa crêpe sans même y prêter attention et se lève pour aller régler.

Elle se retrouve dehors quand elle s'aperçoit qu'elle n'a même pas bu son café…

Tant pis, elle ne va pas y retourner, ils ont dû débarrasser, et même si le ridicule ne tue pas, il y a des limites… Elle fera sans café, et c'est tout !

D'une démarche automatique, elle se dirige vers le cinéma, non sans avoir eu envie de tout annuler bien sûr… Mais les collègues ne comprendraient pas, à juste titre ; alors autant se changer les idées…

Les deux femmes sont en train de discuter entre elles, elle les aperçoit de loin et elle envie l'impression de légèreté et d'insouciance qui s'en dégage !

Elle se force à sourire et les rejoint d'un pas qu'elle veut décidé.

Elles s'embrassent, parlent de choses et d'autres, trouvent toutes les trois que c'est une super idée de se retrouver comme ça, une sortie de dernière minute, improvisée, prendre un peu de temps pour soi, entre filles !

Le film est sympa, assez drôle, ce qu'il faut en tous cas pour être regardable et n'en garder très vite aucun souvenir !

Le générique de fin défile, elles se lèvent. La salle était pleine, quelques couples de tous âges, quelques grands ados, et puis des femmes, majoritairement.

Chap. 4
30 décembre

Quand elles atteignent la sortie, Camille aperçoit très soudain Thomas sur le trottoir d'en face… Et c'est rien de dire qu'il a sa tête des mauvais jours… La discussion va être inévitable…

Elle est obligée de prendre congé rapidement, les collègues ont l'air de se douter que quelque chose doit être réglé dans l'urgence. D'une part, Thomas ne vient pas vers elles pour les saluer, alors qu'il les connaît… D'autre part Camille est livide et se hâte de les planter là…

– On se revoit bientôt ? hasarde la plus jeune…

– Tu m'appelles ce soir, promis ? dit l'autre.

Face à Thomas, une question s'impose :

– Comment m'as-tu trouvée ?

Il a ce sourire méprisant… qu'elle aurait voulu ne jamais revoir.

– Ma pauvre… Facile hein ! J'ai appelé chez tes collègues et le mari de Sonia m'a dit que vous deviez vous rejoindre cet après-midi au Pathé…

– Il a dû être surpris de ton appel ?

– Bien sûr, oui, je lui ai bien dit que ma femme avait disparu…

Evident, cette façon bien à lui de ne rien travestir quand ça peut nuire à quelqu'un… Par contre, si ça peut le sauver lui, d'un mauvais pas, il sait mentir…

– Et ?

– Il a ri je crois, il a dû penser que je blaguais, et c'est vrai que franchement, qui peut disparaître de la sorte ? Tu te rends un peu compte Camille ?

Je ne réponds rien. Je le regarde sérieusement. Je ne fais semblant de rien, il ne me vient rien à l'esprit à répondre du tac au tac…

Il s'énerve.

– Tu m'entends ? Tu te moques de moi ? C'est pour me ridiculiser, c'est ça ?

– Calme-toi. On ne va pas parler de nous dans la rue. Viens, on va aller prendre un pot et discuter.

Il me saisit violemment par le bras, ses yeux sont des mitraillettes, son débit aussi, et son ton est monté, il crie presque…

– Non mais elle se fout de moi ! Qu'est ce que tu crois, là ? Que tu vas rester te pavaner dans des fringues ridicules avec tes copines de merde, pendant que je m'occupe de tes enfants pendant toutes les vacances ? Et parler de nous ? C'est quoi cette nouvelle idée ? Tu vas rentrer avec moi, et t'excuser auprès des enfants, et aussi évidemment auprès des D…

Un grand froid m'a envahie… Mais en même temps je me sens comme apaisée. Il s'énerve et moi, je suis d'un calme que je ne me connaissais pas, qui me fait du bien, et le fait sortir de ses gonds un peu plus !

– Non, Thomas, ça ne va pas se passer comme ça. Je ne

vais pas rentrer avec toi, m'occuper de NOS enfants, car ce sont aussi les tiens… Je peux t'expliquer, si tu veux m'écouter, mais pas ici…

– Hors de question, tu me suis, et maintenant !

Il m'a attrapé le bras et me tire vers où doit être garée sa voiture. Enfin, je suppose…

Je me dégage d'un coup, en pensant que décidément, j'ai raison de ne plus vouloir de cet homme là…

– Une dernière fois Thomas, veux-tu discuter ou pas ? Je ne veux plus de cette vie où je n'existe pas pour toi, où je ne compte pas en tant que personne mais où je joue les utilités. Tu ne comprends peut-être pas, mais c'est comme ça.

Pendant que je parle, il roule des yeux de fou. Il n'a pas vu venir la tempête, lui qui aime tant tout prévoir. Il n'a pas senti le vent du boulet, et c'est peut-être, et surtout, ce manque d'anticipation qui le déroute, le déconcerte, l'horripile.

– T'as appris par cœur le manuel de la femme libérée, c'est ça ? Tes copines t'ont monté la tête, c'est ça ? T'es devenue gouine ?

– Thomas, je te répète qu'on ne peut pas parler comme ça, dans la rue. Si tu préfères, je viens demain à la maison, quand tu seras calmé, et on discutera.

– Mais elle déraille complètement, crie-t-il en s'adressant aux passants… la crise de la quarantaine, t'es folle ma pauvre fille…

– C'est comme ça Thomas, je ne rentre pas avec toi. Embrasse les enfants pour moi, je viendrai demain discuter avec toi et décider de ce qu'on va faire.

– Ce qu'on va faire ? Mais elle est frappadingue… C'est tout vu, tu vas venir me supplier de tout oublier. Et puis d'abord t'as quoi tant que ça à faire ce soir ?

Ah ! madame a quelqu'un d'autre ! Mais oui bien sûr !

– Ça suffit maintenant… Je te dis à demain, Thomas.

Je commence à m'éloigner, mais je sens son souffle chaud dans mon cou, il me suit… Réfléchir vite, comment s'en débarrasser ? Faire semblant d'accepter ?

Il la suit toujours, ne dit rien, mais elle le sent derrière elle.

Surtout ne pas aller vers l'hôtel… rester dans un endroit public, avec des gens autour… Rentrer dans un commerce peut-être ?

Elle entre dans une boutique de vêtements. Il est resté à l'extérieur, bon. C'est comme dans les mauvais films, se dit-elle…

Que faire ? Elle erre et prend au hasard quelques robes et se dirige vers les cabines d'essayage…

Elle tremble. Compose le numéro de l'une des collègues avec qui elle était au cinéma.

Mon Dieu, pourvu qu'elle décroche…

Le téléphone sonne. On décroche à la première sonnerie et la voix tant espérée, claire et guillerette lui répond :

Camille, on parlait de toi, ça va ?

Vous êtes par là ?

Oui on prend un pot près du Pathé, on a trouvé Thomas tellement bizarre, ça nous a fichu un coup… Ça va toi ?

Non, ça ne va pas, Thomas me suit… Il est bizarre et furieux, vous pouvez me rejoindre ?

Bien sûr, tu es où ?

Dans une boutique de fringues, rue du château, une devanture en bois foncé. Je suis dans la cabine d'essayage, je vous attends, merci…

Je m'assieds sur le pouf dans la cabine et j'espère que Thomas ne va pas faire irruption dans la boutique avant mes deux collègues. Mais elles ont dû sentir l'urgence car je les entends bientôt.

Regarde en bas voir ses pieds, qu'on ne se trompe pas de personne !

Le rideau est entrouvert et j'aperçois mes sauveuses.

Elles entrent avec moi dans la cabine sans trop savoir apparemment si c'est une mauvaise blague ou pas.

– Ben alors, c'est quoi ce délire ? me demande Clara, la plus jeune de mes collègues. On n'a même pas vu Thomas, tu es sûre qu'il te guettait devant ?

– Oui, quand je suis entrée dans la boutique, il était devant. Il m'a suivie jusque là et j'ai paniqué…

– Pas grave, nous aussi il nous a fait peur, alors à toi, c'est pire ! On est là en tous cas, tu vas sortir avec nous, on ne te lâche plus ! Tu as essayé quelque chose ?

– Non, j'ai pris au vol n'importe quel vêtement, de n'importe quelle taille, juste pour aller me cacher en cabine… Vous allez me trouver parano…

– Pas du tout, alors là, je t'assure que non ! Quand tu as appelé on discutait de ça justement, et on se disait que ton mari avait pété les plombs…

– Je ne l'ai jamais vu comme ça non, il n'aime pas qu'on lui tienne tête…

Je ne donnai pas plus d'explication ni de détail alors sur mon « évasion » hier soir ; j'avais envie que ça reste *mon* escapade… mon moment à moi, ma décision.

Peut-être alors que je culpabilisais aussi un peu…

Je remis les vêtements à la vendeuse, et nous sortîmes toutes les trois, moi au milieu d'elles deux.

Il n'y avait plus personne… mais ça n'était pas plus sécurisant pour autant. Je m'inquiétais déjà de devoir me retrouver seule à l'hôtel…

Mais Sonia me prit par le bras :

– Arrête de trembler comme une feuille morte voyons ! Tu sais quoi ? On va te raccompagner chez toi si tu veux ?

Je m'arrêtai net.

– Je ne veux pas rentrer chez moi, je veux le quitter, je veux quitter Thomas.

Je suis partie de la maison hier soir et c'est pour ça qu'il me suit. Il me fait peur, il ne m'aime pas, je ne veux plus de tout ça !

– Ok ok, bon c'est ça alors, on comprend un peu mieux. Et tes enfants ?

– A court terme, ils peuvent se passer de moi…

– On va prendre les choses dans l'ordre. Ce soir, tu viens à la maison.

Demain, je t'accompagne chez toi et tu parles avec Thomas, vous mettez les choses à plat et tu décides de ce que tu veux faire. Mais préviens le, c'est mieux, ça le calmera peut-être ?

Pas convaincue du tout que j'aie même envie de revoir Thomas ne serait-ce qu'une seconde dans les jours qui viennent, je me fie à la voix de la raison. Sonia a l'air de prendre les choses en main, et ce n'est pas désagréable… Décidément, je fais une bien piètre femme libérée… Je mettrai un message ce soir. Peut-être…

Nous nous dirigeons donc toutes les trois vers l'hôtel pour que je récupère mes affaires. La réceptionniste semble moyennement satisfaite de ma décision…

Et moi je suis prête de nouveau à culpabiliser pour ça

aussi, tant qu'à faire…

Mais mes amies prennent la parole :

– Elle a reçu un message de son fils et elle doit rentrer dès ce soir, vous comprenez bien je suppose ?

Clara est à fond dans son rôle.

– On monte avec toi, me dit Sonia en m'attrapant par le bras.

Chap. 5
30/31 décembre

Je suis maintenant installée bien tranquillement, en apparence en tous cas, dans la chambre d'amis de Sonia et Max.

J'ai envie d'appeler Sophie ou Clément, mais je suis surprise, et déçue, qu'ils ne m'aient pas contactée d'eux-mêmes… Ah le manque de reconnaissance des enfants… Je sais bien qu'on ne les élève pas pour soi mais quand même…

Il est maintenant vingt et une heures, je vais quand même tenter…

Tout plutôt que de contacter Thomas. Après tout, je lui ai proposé de passer demain, la balle est dans son camp…

J'ai instantanément le répondeur de Clément…

Ouais c'est Clay, pas dispo, bye !

Je ne laisse pas de message, pour dire quoi ? Comment, maman est partie et tu ne la contactes pas ? Pas encore assez de linge sale sans doute ?

Je deviens hargneuse, je m'en aperçois… C'est moche mais en même temps, c'est la vérité. Mes enfants n'ont pas besoin de moi…

Plus de chance avec Sophie peut-être ?

Son portable sonne dans le vide, le répondeur ne se déclenche pas… Je ne sais pas pourquoi. A-t-elle seulement enregistré un message d'absence ?

On communique plutôt par message. Le plus souvent, c'était elle qui appelait sur le téléphone fixe de la maison, en principe pour signaler un retard de bus (très hypothétique) ou demander une rallonge d'argent de poche… Une fois aussi pour une panne de scoot…

Tant pis, je vais leur laisser un sms…

Sophie et Clem, je suis chez Sonia, je passe demain midi à la maison, je vous expliquerai, je vous aime, maman.

C'est envoyé.

J'allume la télé sans conviction, juste pour faire un fond sonore et me changer les idées en attendant la réponse de mes deux enfants.

On frappe à la porte, Sonia passe la tête et me demande si tout va bien, si j'ai tout ce qu'il me faut, et si je veux pas venir regarder un film avec eux, grand écran assuré ! Max a installé un home cinéma il y a peu.

Je prends mon portable avec moi et la suit.

Mais aucune nouvelle ni de mon fils ni de ma fille. Le film est terminé, il est maintenant minuit passé et je n'arrive pas à trouver le sommeil…

Le nuit est difficile, longue, entrecoupée de multiples réveils et quand j'entends enfin un peu de bruit, je me lève et retrouve Sonia qui boit son café, il est huit heures trente.

– Mauvaise nuit ? dit-elle en me regardant… J'ai une sale tête, mal au crâne, et l'impression que rien ne va aller, que j'aurais mieux fait de continuer ma vie d'avant, c'était plus simple…

– Pas top non, et en plus je n'ai pas de nouvelles de mes enfants…

– T'inquiète, on va t'accompagner ce midi. En face c'est plus facile de discuter.

Elle me tend un mug de café bouillant, et deux aspirines. J'avale le tout et file sous une douche très chaude. L'eau qui me coule sur la tête me fait du bien. Je dois me secouer et m'affirmer.

Il y aura des jours difficiles à venir, mais je dois changer de vie, c'est clair ! Et en même temps, évidemment, deux discours cohabitent dans ma tête. Peut-être aurais-je dû mieux préparer mon départ…

Prévenir mon entourage… oui, mais serais-je partie alors ?

Ah ! C'est mon côté gémeaux… toujours deux faces pour une même pièce, c'est ma vie !

Sonia et Max sont prêts, ils sont en congé tous les deux. Max est gérant d'une petite société de transport basée à la limite du Morbihan, il délègue et travaille beaucoup depuis chez lui.

Ils n'ont pas d'enfants, par choix ou non je n'en sais rien. Je me trouve un peu catapultée dans leur intimité, moi qui ne les ai que peu fréquentés… Ils m'ont toujours bêtement fait l'effet d'un couple bobo et libéré, sans rien pour venir étayer cette idée, sauf sans doute de ne pas avoir les contraintes habituelles liées au fait d'avoir des enfants.

Cela dit, Thomas n'était pas dérangé par ces choses là, puisque je gérais tout…

Il doit trouver dur maintenant de se retrouver seul avec ses enfants… Sans doute n'a-t-il pas encore réalisé…

J'ai la gorge serrée et un mal de ventre irrépressible

quand la voiture se gare enfin devant ma maison.

Personne à la fenêtre à me guetter, sans doute les enfants dorment-ils encore ?

Nous descendons tous les trois de la voiture. La porte est fermée à clé, je cherche mon trousseau dans mon sac.

J'entre, et tout ce blanc m'éblouit, comme si en si peu de temps, j'avais oublié le dépouillement de mon univers. Tout y est rangé, on dirait une maison témoin.

C'est vrai qu'hier la femme de ménage a dû passer…

J'appelle…

– Thomas ? Les enfants ? Je suis là !

Mais personne ne répond. Sonia et Max me laissent errer partout, perplexes…

Il n'y a personne, nulle part. Les lits ne semblent pas avoir été défaits cette nuit, ni dans notre chambre, ni dans celle des enfants.

Alors, là, je commence à paniquer. Une sueur froide me traverse le corps et il me passe en une minute beaucoup trop d'idées noires dans la tête.

Sonia s'approche de moi.

– Camille ? Ça va ? Ne t'inquiète pas, ils ont du laisser un mot quelque part ?

– Non, je n'en vois pas, tu as vu quelque chose toi ?

Max commence à regarder un peu partout, mais il n'y a rien nulle part de mis en évidence et que j'aurais dû trouver en arrivant si on avait voulu me prévenir de quoi que ce soit…

Je sens mes jambes flageoler, et je n'ai que le temps de tomber assise dans le canapé blanc…

Sonia s'assied à côté de moi.

– Chez qui ont-ils pu aller ? Tu as une idée ?

– Aucune, non…

Je bondis vers le garage, la voiture de Thomas n'y est plus, il reste juste ma mini…

Je cours vers la chambre de mes enfants, rien qui ne me prouve qu'ils aient emporté vêtements ou autres choses. Leur sac de cours est là, pas leurs portables bien sûr, mais c'est un prolongement de leur bras, normal qu'ils les aient emmenés où qu'ils soient partis, mais pourquoi sans me le dire ?

Que Thomas veuille me faire comprendre que partir comme je l'avais fait ne se faisait pas, ok, c'est tout à fait son genre.

Tu vois Camille, ce que ça fait ? Tu crois que ça se fait dans un monde civilisé, de laisser les gens en plan comme ça ?

Je crois l'entendre…

Je ne comprends pas. Je suis inquiète, un peu en colère, mais surtout inquiète…

D'abord parce que c'est ma nature de me faire du souci.

Que faire ? Peut-on sans craindre le ridicule aller au commissariat déclarer que son mari est parti avec ses deux ados la veille du réveillon, sans rien laisser qui puisse donner une idée de l'endroit où ils sont allés…

Bon, un adulte, certes, il va où il veut… Encore qu'apparemment pas elle… Mais des enfants ? Peut-on déjà parler d'enlèvement ?

Sonia me secoue… Max a pris son portable.

Il fronce les sourcils.

– Quoi ? Quoi, Max ?

Il regarde à nouveau son portable comme s'il allait lui apporter une réponse…

– Mince, c'est pourtant bien son numéro… Il m'a appelé hier soir pour savoir où tu étais… J'ai essayé de le rappeler à l'instant, mais on me dit numéro non attribué…

– Recommence s'il te plaît, lui dit Sonia.

Moi je suis trop sonnée pour dire quelque chose, je commence à angoisser…

– Essaie d'appeler Sophie ou Clément, Camille !

Oui bien sûr… Mais aucun des deux téléphones ne répond.

– Bon, pas de panique, dit Max, ils ont dû aller manger au mac do ou ce genre, pour te donner une leçon et ne pas être là quand tu passerais…

– Oui, mais le téléphone ? Il y a peut-être eu un problème avec un téléphone, mais trois sur trois…

– Ça tombe en panne tu sais ces choses là, ou bien il l'a lancé contre un mur, dit Max en souriant…

Mais l'heure n'est pas à la plaisanterie, et ce n'est surtout pas du tout le genre de mon mari ! Pour lui, ces miniatures technologiques sont des bijoux, et il tenait à son nouveau jouet comme à la prunelle de ses yeux…

Max est de nouveau au téléphone et se dirige vers la porte-fenêtre afin d'aller dans le patio pour téléphoner plus tranquillement…

– Il appelle qui ?

– J'en sais rien… Attends, fais lui confiance et ne stresse pas. Ils ne vont pas tarder. Moi aussi je pense qu'il a dû les emmener déjeuner en ville. Pas trop le genre à improviser un repas pour ses enfants, Thomas, si ?

– Non, bien sûr que non, c'est pas le genre.

Mais ce n'est pas le genre non plus de mes enfants d'être debout en vacances à cette heure-là, et encore moins pour aller manger avec leur père… La dernière fois que j'avais proposé un hamburger un midi à Clément…

La loose maman… pas avec toi quand même ?

Ben si… mais bon, laisse tomber…

Max est de retour dans le salon.

– J'ai appelé Eric, tu sais mon copain gendarme. Il confirme qu'il est trop tôt pour aller faire une déclaration… Il faut attendre, ils vont sûrement revenir. Je sais bien ce que tu penses Camille…

– Ah bon, parce que moi même je n'en sais trop rien…

Je m'en voulus presque aussitôt de la froideur de ma réponse, mais j'avais les nerfs à vif.

– Il faut attendre… me dit doucement Sonia. Préfères-tu rester seule ou veux-tu que je reste avec toi ce soir ?

– Non, je vous ai assez embêté comme ça, vous devez avoir des choses à faire la veille du réveillon…

– Si je te le propose, c'est que c'est possible, répondit Sonia. Après c'est comme tu veux. Tu peux préférer être seule, ce que je comprendrais. Il suffit de me le dire.

– Ça va aller, merci, dis-je en n'en pensant pas un mot, mais je voulais que mes amis puissent rentrer chez eux et profiter un peu de leur temps à deux. Je n'avais jamais aimé trop dépendre des autres. Il faut dire que jusqu'à présent je n'en avais pas eu vraiment besoin non plus…

Max et Sonia ne partirent pas sans m'avoir fait une cafetière bien pleine et bien noire, et vérifié que j'avais de quoi manger dans le réfrigérateur.

– Tu appelles s'il y a quoique ce soit, ok ? On ne bouge pas aujourd'hui, ni ce soir, et on arrive vite si besoin, d'accord, même cette nuit.

Sonia avait les larmes aux yeux, je voyais qu'elle avait besoin de sortir de cette atmosphère oppressante que j'avais créée malgré moi.

Moi aussi j'avais l'impression d'étouffer chez moi…

Chap. 6
31 décembre

Ne voulant pas céder à la panique, je décidai de m'occuper l'esprit en allant m'occuper un peu des fleurs du patio. C'était en fait une sorte de jardin d'hiver, que l'on ouvrait en grand l'été, et où poussaient orchidées et autres plantes tropicales. Je taillai, arrosai, déplaçai quelques plants.

Je rentrai tenaillée par la faim ; il était quinze heures et je n'avais rien pris depuis le matin.

J'essayai de ne penser à rien, mais en même temps je commençai bien sûr à me dire que si Thomas avait emmené les enfants manger quelque part, ils n'auraient eu de cesse que de le quitter le plus rapidement du monde.

Ou bien les avait-il déposés en ville, et lui était passé à son bureau « régler les affaires courantes » comme il avait coutume de dire ? Ou bien étaient-ils allés tous les trois au cinéma, ou bien ou bien… mais qu'est-ce qui empêchait Sophie au moins de répondre au message ? Quelque chose ne collait pas, j'en étais de plus en plus certaine.

Attendre c'est possible, quand on sait ce qu'on attend.

Or moi, je n'en savais rien…

Allaient-ils rentrer tous les trois, ou bien Thomas seul ? Allait-il me faire une scène ? Ou pire ? Je repensais à son dernier regard, sa façon de me regarder était si sombre, voire inquiétante en y repensant… Je dramatisais peut-être…

Et le temps qui ne passait pas… Je m'installai devant la télé, tout en me disant que si Thomas rentrait, il m'accuserait de ne pas trop m'inquiéter pour eux, bien installée comme je semblais l'être…

Quelle idée de penser à ce qu'il se dirait… mais je ne pouvais pas m'en empêcher, ça avait toujours été ma façon de fonctionner, manque de confiance en moi évidemment. Toujours ce besoin qu'on valide mes actes… Un psy se serait régalé…

Le jour commençait à baisser, et toujours aucune nouvelle de personne… Sonia me mettait un sms par heure. Je crois qu'elle commençait elle aussi à s'inquiéter, en tous cas à trouver que ce n'était pas normal, sans oser me l'avouer évidemment…

La nuit, je ne dormis pratiquement pas, sans trouver de raison valable à ce que faisait Thomas.

Au petit matin, alors que le jour n'était pas encore levé, je savais ce que j'avais à faire cette fois. Le fait de faire enfin quelque chose, même avec l'inquiétude croissante qui était la mienne, donnerait enfin un but à cette journée.

Je pris une douche et m'habillai en choisissant dans mon ancienne garde-robe des vêtements pratiques, un jean, une chemise blanche et un gilet noir, puis me changeai en trouvant ça trop classique… Je retombais vite dans mes habitudes…

J'allai dans la chambre de Clément et lui empruntai un vieux sweat qu'il ne mettait plus. C'était aussi symbolique bien sûr, j'avais l'impression d'être un peu plus proche d'eux.

Son odeur était là, et même si la Camille d'avant l'aurait fourré directement dans le lave-linge, celle que j'étais aujourd'hui avait plaisir à retrouver l'odeur de cigarette et de sueur un peu rance qui s'en dégageait.

Il était sept heures, j'allumai la télévision tout en prenant un café très fort.

Mon téléphone vibra, c'était Sonia qui venait aux nouvelles.

Cam, je suppose que tu ne sais rien de plus ? Je suis là et debout si besoin.

Son message me mit instantanément les larmes aux yeux. Quelle chance j'avais qu'elle soit là !

Je vais au commissariat dès 9h, rien de neuf non.

Réponse instantanée : *J'arrive.*

Je la remerciai. Peut-être nous ferait-on plus confiance si nous venions à deux…

J'appréhendai de ne pas être prise au sérieux mais m'étais fait la promesse cette nuit que je ne repartirai pas sans avoir pu déposer une plainte ou une main courante, ou fait une déposition, je ne savais pas trop comment appeler ça…

Sonia arriva une vingtaine de minutes plus tard, les traits aussi tirés que moi, avec un sourire de façade.

Je fis semblant d'y croire et ne tempérai pas son dynamisme fictif. Après tout, la méthode Coué avait déjà fait ses preuves…

Le commissariat central était assez loin, dans le centre

ville. Bien sûr, on était le 31 décembre, et bien qu'en congé pour la plupart, les gens avaient prévu leurs derniers achats, leurs rendez-vous coiffeur ou esthéticienne… Ça ne circulait pas, et il n'y avait aucune place de parking à proximité.

Sonia avait pris sa voiture.

– Je te pose devant si tu veux ?

Soudain elle klaxonna violemment, une voiture quittait sa place sans faire attention au fait que nous passions juste à ce moment-là… Elle pila et prit la place vacante en manœuvrant habilement.

– Bon, au moins on ne sera pas loin, mais autant avoir une voiture en état pour repartir !

L'accueil du commissariat était au fond d'un couloir éclairé chichement…

Le policier qui nous reçut avait l'air aimable, c'est du moins ce que je me dis en le voyant…

– Oui, c'est pour quoi ?

– Bonjour monsieur. Je voudrais signaler une disparition.

Tout en parlant, je me faisais l'effet d'une actrice dans un mauvais film, qui connaît mal ses répliques et a du mal à aller au bout de ses phrases…

– Disparition de ?

J'avais l'impression, sans doute à tort, que je n'étais pas la bonne personne pour ce rôle et que je n'étais pas crédible du tout. Mais j'avais décidé d'aller au bout. Je me lançai :

– Après une dispute, mon mari a emmené mes deux enfants et je n'arrive plus à les joindre.

– Depuis quand ?

La question que je craignais…

– Hier ou avant-hier…

Inutile de mentir…

– Vous ne savez pas quand exactement ?

– C'est vous qui prenez les dépositions ou bien vous avez un supérieur ?

Je commençai malgré moi à hausser le ton… Sonia me prit le bras…

– Suivez-moi mesdames s'il vous plaît. Un policier surgi d'une porte à l'arrière de l'accueil nous fit un signe et commençait déjà à partir vers un local fermé par une porte de verre un peu plus loin.

Tout en le suivant, je pensai… Est ce que le gars de l'accueil est là juste pour faire un tri ? Pour décourager les gens de venir porter plainte ?

Je n'eus pas le temps de m'en demander plus. Le jeune policier s'était assis derrière un bureau, nous avait indiqué deux chaises en face de lui et avait sorti un formulaire.

– Je vous écoute. Racontez-moi tout en détail, n'omettez rien.

Je parlai longtemps. Sonia intervint juste pour dire sa peur et celle de Clara hier.

Quand à la fin nous nous levâmes, je n'avais plus de jambes et l'impression d'avoir couru un marathon.

Un jour gris s'était levé. Je marchai vers la voiture comme une somnambule mais Sonia me poussa dans le bar voisin.

– Tu vas d'abord prendre un petit remontant, et moi aussi. Pas de discussion.

– Tu as raison, ok.

Dans le bar voisin, il faisait bon. On s'attabla dans le fond, sur une banquette, face l'une à l'autre. Je tremblai, j'avais l'impression que maintenant les dés avaient été jetés, l'impression d'être dans un mauvais film, où l'actrice connaît mal son rôle et appréhende la scène suivante car elle sait que la partie ne sera pas facile à jouer, nerveusement au moins…

Sonia commanda un vin chaud pour moi et un thé vert pour elle, et en attendant la commande me sourit gentiment.

– Camille, je sais ou j'imagine ce que tu penses… mais tu as fait ce qu'il fallait, et tu vas sûrement avoir des nouvelles très vite, ce sera un mauvais souvenir, c'est tout…

– C'est gentil, mais je ne pense pas que ça va se passer comme ça. Déjà, je dois rentrer assez vite, t'as entendu ce qu'a dit le flic ? Je dois être joignable en permanence.

– Il a ton portable, rappelle toi, tu le mets en sonnerie et tu vérifies qu'il est toujours chargé et tu vis ta vie en attendant que monsieur revienne…

– Monsieur, c'est pas grave. Limite je m'en fiche. Ce sont mes enfants que je veux revoir ! Qu'est ce qu'il a pu en faire ?

– Aucune idée. Ils ne réclamaient pas d'aller depuis longtemps dans un endroit spécial, genre parc d'attraction ou ce genre ?

– Nan, pas que je sache… Et à mon avis, pas envie d'y aller avec leur père non plus…

Le vin m'avait redonné un peu de tonus, et la chaleur de l'alcool et celle du bar aidant, je me sentais un peu mieux, juste ce mal de ventre qui ne me quittait plus…

Le téléphone sonna, mais ce n'était pas ma sonnerie. C'était celui de Sonia, Max venait aux nouvelles. Elle lui raconta brièvement la déposition. En fait, nous y avions été près de deux heures. Je crois que j'avais perdu la notion du temps, et je m'en voulus par rapport à mon couple d'amis…

– On y va, je ne veux pas t'enlever à Max plus longtemps, et je préfère être à la maison s'ils rentrent…

Je ne pensais pas « quand ils vont rentrer », parce que je commençais à croire que le jeu perfide de Thomas, dans le meilleur des cas, pouvait durer assez longtemps…

Sonia me redéposa devant chez moi, rien n'indiquait que Thomas et les enfants étaient rentrés. Je jetai un coup d'œil machinal à mon portable, rien…

Sonia m'avait fait promettre de donner de mes nouvelles. Il était midi passé. Je n'avais pas de sensation de faim, juste toujours ce mal de ventre qui me tenaillait…

J'allumais la télévision, histoire de me tenir compagnie dans cette maison vide et dont les murs semblaient vouloir se refermer sur moi…

Que faire pour m'occuper ? L'attente n'était pas un problème en soi, je suis d'un naturel patient. Mais là, l'inquiétude liée au fait de ne pas savoir combien de temps pouvait durer cette absence, ce n'était pas du tout pareil… Je m'aperçus que j'allais être obligée de gérer tout ça toute seule… Contrairement à ce qu'on pourrait penser, ce n'était pas ça qui me pesait le plus, c'était surtout de penser que mes enfants pouvaient ne pas me donner de nouvelles.

Et si je me mettais à envisager le fait qu'ils ne puissent pas m'en donner, c'était bien pire encore… et puis l'angoisse montait quand je pensais qu'on était le 31.

Non pas que j'aurais voulu faire la fête… Même en temps normal, ce genre de date où l'on se sent obligé d'être gai et de fêter l'année nouvelle quand rien ne nous attend derrière… Pas mon truc…

Non, plutôt parce que je pensais bien que s'il fallait engager des recherches, la police n'était pas forcément au top des présences en cette période… Comme s'il y avait un moment de l'année où ce genre de choses pouvait bien tomber de toute façon…

Chap. 7
31 décembre / 1er janvier

Il était dix-neuf heures quand mon portable sonna, un numéro inconnu…

Je sursautai d'abord, puis attrapai mon téléphone d'une main tremblante.

Une voix ténue, dont je ne distinguais pas bien les mots… Une voix jeune. Je compris : *peur, pas pu…*

Quoi ? Je n'entends pas, c'est toi Clément ?

… le temps… vite… maman… parti…

Voilà juste les mots qu'il me sembla entendre… Puis on raccrocha… Je notai en toute hâte le numéro de l'appelant sur un ticket de caisse qui traînait sur la table basse.

Ce coup de fil m'avait en même temps fait peur, mais aussi reboostée, et relancée dans mon espoir ténu et fragile que mes enfants ne m'oubliaient pas.

Je pris le fixe et appelai le commissariat, la ligne directe que m'avait donnée le jeune policier ce matin.

Camille Bertinot.

Oui ?

Capitaine Derouet ?

Je viens d'avoir un appel, je pense de mon fils, mais ça a coupé et je n'entendais pas bien...

Le policier me fit détailler l'appel, prit note de tout ce que je lui disais et me dit qu'ils allaient trouver d'où l'appel avait été lancé. On me tiendrait au courant.

Au courant, oui, promis ? C'est très important vous savez !

Je sais bien sûr oui, mais ne vous inquiétez pas même si on ne vous rappelle que demain ou après-demain, ça ne veut pas dire que nous n'aurons pas cherché ou pas trouvé quelque chose, ça voudra juste dire qu'il nous faut d'abord suivre la piste éventuelle avant de vous donner un espoir ou pas...

Je comprends, merci.

Vous avez quelqu'un avec vous ? Votre amie est toujours là ?

Oui oui, mes amis sont disponibles et joignables si besoin...

Ne restez pas seule trop longtemps, il faut parler, ne pas s'enfermer... Bon courage, je vous tiens au courant.

Je le remerciai machinalement puis raccrochai et appelai Sonia. Ce fut Max qui décrocha. Sonia était au téléphone avec Clara à qui elle donnait des nouvelles.

Je lui racontai brièvement cet appel étrange. Il me fit répéter les mots entendus et me redit que j'appelle si besoin, et qu'ils fêtaient le nouvel an chez eux avec des amis, que je n'hésite pas à appeler ou même à venir avec eux si le cœur m'en disait. Je refusai...

Ce soir-là fut, je m'en redis compte en le vivant, le plus bizarre de toute ma vie...

Je me fis livrer des plats japonais commandés en ligne, ouvris une bouteille de vin prise dans la collection spéciale de Thomas pour les grandes occasions…

Inutile de dire que je choisis n'importe laquelle des bouteilles de vin rouge, certainement pas en accord du tout avec ce que j'allais manger. Peu importait.

L'essentiel était d'atténuer la peur du moment présent et de me sentir le moins mal possible. Il fallait aussi que j'aie tous mes esprits pour le cas où on m'appellerait. Il faut bien avouer que j'y trouvais aussi un piètre plaisir en me disant que mon mari serait fou si j'avais pris l'une des bouteilles prévues pour tel ami ou telle occasion…

Mais comme si ça importait ! Dire qu'il fallait toujours, même ce soir, que je pense à ses réactions. J'avais décidé que je ne revivrai plus jamais ces moments là, et donc plus jamais avec lui…

Faudrait-il encore que je puisse retrouver mes enfants… Quelle colère devait l'habiter pour qu'il ait voulu se venger ainsi, non seulement de moi, mais aussi par rebond de ses enfants, qu'il avait entraînés Dieu sait où…

Je m'aperçus dans un flash soudain, que le numéro que j'avais donné à la police, je pouvais moi aussi le chercher sur internet s'il était répertorié, et voir si ça donnait quelque chose, au cas où…

Je me persuadai bien que quelque soit la réponse que je trouverais, je ne m'emporterais pas, je laisserai faire l'enquête, si enquête il y avait déjà, ce dont je n'étais pas bien sûre…

Voyons, l'annuaire inversé… Je tapai le numéro… J'eus un mouvement de recul involontaire en lisant ce qui s'affichait sur la page de résultats… Le numéro était celui d'une station service, rue La Fayette à Paris dans le 10ème, près de la gare du Nord…

Je me creusai la tête en me demandant ce que Thomas pouvait avoir à faire dans ce coin pour les avoir emmenés par là… Nous ne connaissions personne à Paris, ni dans la banlieue proche… Je me rappelai juste que dans le cadre de son boulot, Thomas s'était rendu plusieurs fois dans la capitale l'année écoulée… Y avait-il un rapport ? Et pourquoi y emmener les enfants ? Tout ça n'avait aucun sens…

J'attendis un peu pour arrêter de trembler… Puis j'appelai Sonia. Elle décrocha aussitôt !

Je ne te dérange pas ?

Camille ? Bien sûr que non voyons, quelque chose de nouveau ?

Je lui racontai, l'appel où j'avais cru reconnaître Clément, le contact avec la police, et puis mes doutes quant au lieu et le motif pour lequel Thomas serait parti là bas…

Elle me laissa parler.

Je ne comprends pas non plus tu sais… Je ne sais pas trop quoi en penser.

Quoique tu fasses en tous cas, dis-le moi…

Je le lui promis.

La nuit, je n'eus pas d'autres nouvelles.

Quelques messages à minuit passé.

Sonia et Clara bien sûr, avec des mots gentils et encourageants, et puis quelques amis et autres collègues comme chaque année, rien de notable…

La nouvelle amie de mon père, gentille cela dit, qui m'envoyait leurs meilleurs vœux de bonheur pour l'année à venir… Je ne répondis pas, me disant qu'ils devaient être avec leur groupe d'amis à faire la fête, ça attendrait bien le lendemain. Je n'aurais pas su trop quoi raconter, pas facile par sms…

Ah oui et aussi Marion, qui n'avait pas demandé ou donné de nouvelles depuis le resto… qui nous souhaitait à tous les deux, une nouvelle année douce et sereine…

Marrant comme dans les couples, c'est bien souvent la femme qui envoie les vœux…

Comme si ce devait être plus féminin d'avoir des souhaits… Thomas n'avait jamais rien souhaité à personne, sauf à lui-même, la réussite professionnelle à qui voulait bien l'entendre… Bref, ne pas se prendre la tête avec ça et plutôt espérer que les enfants soient en bonne santé et n'aient pas trop peur dans cette galère où les emmenait leur père…

Je dormis peu, voire pas du tout… Je regardai souvent l'écran de mon portable, comme si une solution miracle allait s'afficher sur l'écran d'accueil…

Je prenais un troisième café, en pantalon de jogging et portais toujours le sweat de Clément avec lequel j'avais dormi, quand le fixe sonna. Il était près de dix heures.

Allo Camille ?

Papa ?

Tu ne réponds plus aux vœux de ton vieux père ? me dit-il d'une voix enjouée.

Tes grands ados dorment encore je suppose ?

Mon père n'avait jamais accroché avec Thomas, et je m'aperçus que, comme d'habitude il n'en demandait pas vraiment de nouvelles… Je cherchai quoi répondre…

Tu es sûre que ça va ? Camille, tu m'entends ?

Oui papa, je t'entends. Mais je suis seule. Thomas est parti je ne sais pas où avec les enfants…

Quoi ? C'est quoi cette histoire ? Depuis quand ?

Je lui racontai les derniers événements, depuis la soirée

au resto, ma nuit à l'hôtel, l'esclandre avec mes copines, et puis la disparition, et enfin l'appel...

Il écouta sans m'interrompre...

Qu'est ce que tu comptes faire ?

Je suis allée faire une déposition à la police. J'attends maintenant, que veux-tu que je fasse ?...

Ecoute, tu ne peux pas rester seule, Camille. Et moi de mon côté, je ne peux pas rester sans rien faire et si loin. Maryse doit partir demain voir sa petite fille en Corse. Je ne vais pas l'accompagner, je vais venir avec toi, je pars dès que possible.

D'accord ?

Merci papa, oui, entendu. Merci...

Arrête de me remercier. Je te redonne des nouvelles dès que je serai en route.

Je passai sous la douche rapidement, enfilai mon jean et un gros pull blanc que j'aimais bien, feutré et ample... Je me vautrai devant la télévision, il n'y a pas d'autre mot et je dus somnoler, interrompue une fois par un message de Sonia qui venait aux nouvelles et fut rassurée de savoir que mon père arrivait.

Aucune nouvelle de la police.

Le jour baissait quand on sonna à la porte. Enfin ! pensai-je...

J'étais heureuse de revoir mon père, et d'avoir quelqu'un avec qui pouvoir échanger, me confier, quelqu'un qui comprendrait et m'épaulerait.

Je m'aperçus qu'en fait je m'étais isolée depuis quelques temps, volontairement ou pas...

Mon père me serra fort dans ses bras. J'avais appréhendé de craquer quand il serait là. Mais bien au contraire, j'avais l'impression d'être plus forte qu'avant, et que maintenant, il allait vraiment se passer quelque chose...

Il posa son sac au milieu du salon qu'il avait toujours trouvé trop vaste et trop vide pour lui... Il faut dire qu'il habitait depuis deux ans dans une toute petite maison isolée et qu'entre les meubles auxquels il tenait, et ceux de Maryse, il n'y avait plus où mettre un pied... Mais bizarrement, mes enfants avaient beaucoup aimé cet endroit, malgré la mauvaise connexion, la seule fois où je les y avais emmenés...

Faut-il préciser que Thomas avait décliné l'invitation, prétextant que pour son job, il ne pouvait pas séjourner dans un endroit où les visioconférences risquaient d'être interrompues... Il avait d'ailleurs été injoignable trois jours, soi-disant à cause de notre connexion lamentable...

Je me demandai d'ailleurs s'il n'avait pas été sur Paris justement aussi cette fois là. Si, j'en étais sûre maintenant...

Je me secouai car je m'aperçus que j'étais partie dans mes souvenirs et que mon père se faisait lui-même un café bien fort, quelle piètre maîtresse de maison j'étais...

Après toute cette route, il avait droit à juste titre à un accueil un peu plus organisé, mais j'avais l'impression de vivre ces jours-ci en dehors de moi-même, comme si je me voyais de très loin en dehors de mon corps, sans doute un peu comme dans les expériences de coma que les gens racontaient...

Je me sermonnai intérieurement et repris les choses en main, je portai la valise de mon père dans la chambre d'amis où j'avais pris le soin de mettre une parure de lit propre.

Mon père ne voulant pas se reposer, il m'invita à aller manger « un bout » quelque part, se doutant que je n'avais pas envie de cuisiner…

– Et puis on va pouvoir discuter sans que tu aies besoin de te lever de table…

Les restaurants ouverts étaient peu nombreux, lendemain de fête… Les gens avaient assez mangé et bu pour tenir quelques jours sans doute…

Après avoir erré un moment devant des façades toutes éteintes, mon père, qui, je le voyais bien, commençait à en avoir assez de conduire le ventre vide, me proposa d'aller dans une galerie marchande.

– C'est là qu'on trouvera plus facilement quelque chose d'ouvert, et aussi un peu de vie, me dit-il en souriant.

J'avais mon portable dans la main, pour être sûre de ne manquer aucun appel, mais il restait désespérément muet.

Attablés dans une pizzeria assez peuplée finalement, nous attendions nos plats.

– Raconte-moi tout… Ce qui t'a amené à penser ce que tu penses. Dis moi tout ce qui pourrait être à tes yeux une piste pour retrouver Clément et Sophie, tout ce qui t'est passé et te passe par la tête !

En tant qu'ancien psy, papa savait être à l'écoute, et me connaissait bien. Il savait derrière mes silences interpréter beaucoup de choses. Mais là, c'était dans l'urgence qu'il allait falloir unir nos forces et agir si besoin.

Le repas passa à la vitesse de l'éclair, je racontai surtout la vision de moi qu'avait Thomas. L'impression que j'avais qu'il ne me voyait plus, et surtout le manque de confiance en moi qu'avaient engendrée ses méchancetés verbales. Mon père ne découvrait rien, me sembla-t-il.

– Pour résumer, ma fille, ce que j'entends là est banal, ne serait-ce la disparition évidemment de tes enfants. Tu vivais avec un mari despote et méprisant. Tu veux le quitter, ça ne lui plaît pas, et surtout que ce ne soit pas de sa propre initiative… Il est blessé dans son amour-propre (pas dans son amour) et veut te le faire payer. C'est la vie, la rançon de beaucoup de gens, hommes ou femmes, quand leur couple se fissure. Mais maintenant il n'a pas le droit, tu m'entends Camille, pas le droit, de s'en prendre à vos enfants…

J'entendais parler mon père, avec toujours la même impression, que ça arrivait à une « autre moi »… Je savais qu'il avait raison puisqu'il mettait en mots ce que je pensais. Mais typiquement, même si tout ça était vrai, je me sentais démunie, impuissante, et très inquiète.

Je fis part de ces sentiments à mon père.

– Je comprends. Et dès qu'on pourra agir on le fera ! Mais pour l'instant je suis comme toi, je ne sais pas trop quoi faire. La police va sûrement te recontacter bientôt, sinon rappelle les demain ?

– Oui, bien sûr, c'est ce que je comptais faire !

Nous reprîmes le chemin de la maison, tout en écoutant du blues dans la voiture.

Pas besoin de parler. Nous avions tous les deux nos pensées, et nous nous étions tout dit à ce moment là…

Je vis la lumière clignotante du répondeur téléphonique dès que j'eus ouvert la porte d'entrée.

Chap. 8
1er janvier, 22 heures 30

Je courus vers le téléphone et appuyai sur le bouton du répondeur. C'était Sophie.

Maman, t'es pas là ? J'ai plus mon téléphone, papa est trop bizarre et super énervé, il veut nous emmener chez une copine à Paris… Maman, viens nous chercher ! On repart, on est vers Melun je crois ; c'est le dernier panneau que j'ai vu…

Mon père avait changé de tête… Moi aussi sans doute. J'oscillai entre le réconfort d'avoir entendu ma fille, mais aussi la peur de ce qu'elle pouvait entendre par « trop bizarre »…

– Bon, de quelle copine s'agit-il ? Tu lui connais des amis à Paris ? Une « copine » ?

Il avait à dessein laissé une seconde avant de prononcer le mot « copine »…

– Personne, et de copine encore moins, tu penses… J'appelle la police tu dirais ?

– Attends un peu… Pour ce qu'ils ont l'air de se bouger… Note le numéro duquel Sophie a appelé, on va déjà chercher. Et ensuite on va chercher dans l'ordinateur de Thomas ce qu'on peut trouver, appeler ses collègues etc…

– Oui… Je m'en veux tellement de ne pas avoir été là…

– Camille, ça ne sert à rien, tu ne peux pas vivre rivée au téléphone…

– Je ne peux surtout pas vivre sans mes enfants, papa… Je vais quand même tenir la police informée. Il m'a bien dit que quoique je sache je devais le lui dire, tout élément susceptible de les aider…

Je laissai un message sur le répondeur du flic… En lui demandant de me rappeler et de me dire si de leur côté ils avaient de nouveaux éléments…

Mon père, tout en allumant son laptop, me fit part de ses sentiments, qui ne faisaient que confirmer ce que je pensais… Ça devenait une affaire privée, ça tenait de l'enlèvement, on allait certainement devoir affaire à la justice…

On ouvrit la boite mail de Thomas, mais tout était effacé. Aucun message récent, il avait pris ses précautions apparemment, ce qui n'était pas pour me rassurer…

Pendant ce temps, de mon côté, j'étais repartie sur l'annuaire inversé pour y entrer le numéro d'où venait l'appel de Sophie. Le numéro n'était pas répertorié… On me proposait bien des pistes de recherches payantes, mais autant jeter son argent par la fenêtre… La police avait sûrement d'autres moyens… et puis à part me confirmer qu'ils étaient en région parisienne, ce qu'on savait déjà, savoir d'où ils étaient repartis ne nous donnerait pas grand chose…

Je décidai d'appeler le couple « d'amis », Yves et Marion, avec qui nous avions dîné lors de la fameuse soirée (qui me paraissait déjà si loin...) Non seulement Yves et Thomas avaient déjà travaillé ensemble, mais peut-être étaient-ils au courant d'une quelconque relation qu'aurait pu avoir Thomas...

En tous cas, Thomas m'avait dit être allé à plusieurs salons sur Paris, et y avoir rencontré Yves. Mais tout cela était-il vrai ?

Sans doute avait-il une double vie... Moi qui croyais que ces choses-là n'arrivaient pas réellement, en tous cas pas à moi... Naïve... et sotte...

– Tu crois que si on donne à la police le portable de Thomas ils feront des recherches pour trouver les messages effacés ?

– Ma pauvre chérie... Si tu n'avais pas eu de nouvelles de tes enfants et qu'on ait pu les penser disparus, peut-être, oui, sûrement même, un jour... Mais là, deux appels prouvant qu'ils sont vivants, excuse moi, et en bonne santé... ça n'encouragera pas la police à chercher... Ils doivent avoir tellement de cas de séparations qui se passent mal sur le bras avant la tienne...

Je laissai un message sur le portable d'Yves... Décidément, les gens ont tout ce qu'il faut pour être joignable en permanence et pourtant ça ne facilite rien...

Je tentai le portable de Marion qui répondit aussitôt.

Camille ? Tu vas mieux ? On a essayé d'appeler Thomas pour avoir de tes nouvelles ; on n'arrive pas à le joindre, j'aurais essayé de t'appeler après les fêtes...

Ça me rasséréna quelque peu d'entendre Marion me dire gentiment qu'ils s'étaient souciés de ma santé, et qu'eux non plus n'étaient pas au courant. En tous cas, pas elle, ou bien me jouait-elle la comédie ? J'allais me mettre à douter de tout le monde…

Tablant au moins sur la solidarité féminine, je lui résumai brièvement les derniers événements, et lui dis pourquoi je l'appelai… Elle me répondit qu'elle me jurait qu'elle ne savait rien. Son fils était la prunelle de ses yeux, je le savais, et jamais elle ne me cacherait quelque chose pouvant me permettre d'avoir des nouvelles de mes enfants. Dès qu'Yves rentrerait, elle lui demanderait de me rappeler.

Aucune piste de ce côté là donc, à priori…

Il était tard, minuit passé… Mon père me conseilla donc qu'on aille se reposer, la suite des événements demain, me dit-il, et il vrai que je ne voyais pas trop quoi faire de plus là ce soir…

Le lendemain matin, après une toilette rapide et un petit déjeuner expédié, je décidai de ruser et d'appeler le bureau de Thomas, sachant qu'il ne me le pardonnerait jamais, mais la question n'était plus là…

J'avais toujours cette impression bizarre que ce qui se jouait là n'était pas réel…

Etais-je parano ? Est-ce qu'un père n'a pas le droit de partir en vacances avec ses enfants ? Oui, mais pas sans prévenir, pas dans cet état d'énervement, pas en privant ses enfants de la possibilité d'appeler leur mère. Portables désactivés… des indices inquiétants quand même…

Mon père finissait d'appeler sa compagne quand je frappai à la porte de la chambre d'amis.

– Camille, ça va ? Du nouveau ?

– Non, rien de neuf, Yves doit toujours me rappeler… Je vais regarder dans le PC de Thomas pour trouver les numéros de ses collègues, sa secrétaire, etc, et passer des coups de fil, qu'est-ce que tu en penses ? Je pense leur dire que j'ai absolument besoin de le joindre et qu'il est parti sans son portable…

– Pas très crédible mais on s'en fout bien sûr, me répondit mon père.

Je consultai donc le répertoire de Thomas et appelai d'abord le secrétariat en demandant de me passer Corinne, la secrétaire de Thomas, mais elle était en congé. Aussi bien, pensai-je, il était aussi facile de demander les coordonnées de mon mari à quelqu'un qui se poserait moins de questions que Corinne, qui le couvrirait peut-être au besoin.

On me répondit qu'il était en congé… Il devait reprendre lundi prochain, mais je devais le savoir sans doute ? Je devais paraître pour le moins angoissée, et la jeune femme dut pressentir une urgence, car elle me proposa de me passer directement le directeur de l'agence qui saurait peut-être comment joindre Thomas en cas d'urgence…

Je patientai donc.

Tout en expliquant brièvement à Christian Marquer, le directeur, que j'avais besoin de joindre mon mari de toute urgence, et qu'il était parti sans son portable… J'y allai au bluff…

– Il est parti à Paris avec les enfants, et je sais qu'il devait aussi leur montrer où il bosse souvent, vous savez les ados ont parfois de ces idées… Je ne sais pas s'il a un point de chute particulier où il pourrait se rendre et où éventuellement j'aurais eu la possibilité de lui laisser un message…

Silence en réponse… Sans doute ma question paraissait-elle légèrement suspecte, à juste titre…

– Mme Bertinot, je pense qu'il n'y a pas de raison pour que je ne vous donne pas le numéro de l'agence où votre mari se rend quand il va sur Paris, mais je pensais que vous l'aviez déjà…

– Oui, sans doute me l'a-t-il dit, dis-je évasivement, mais c'est très urgent, et je ne m'en souviens pas…

– C'est à Boulogne, avenue Victor Hugo… Essayez à tout hasard, bonne chance…

Et j'eus le numéro. Non sans me sentir un peu gênée mais on n'en était plus à quelques scrupules, il s'agissait de retrouver mes enfants, rien de moins !

Je retransmis le numéro à mon père qui me proposa d'appeler lui-même.

– Tu sais, une voix d'homme… non tais toi, m'interrompit-il avec un geste de la main, je connais tes côtés féministes, mais c'est comme ça. Une voix d'homme, ferme, peut très bien être plus persuasive au bout du fil qu'une femme inquiète qui cherche son mari et ses enfants, même si tu n'en dis rien bien sûr…

– Oui peut-être… L'essentiel est d'avoir des nouvelles, fais-le, oui…

Pendant que mon père composait le numéro sur le fixe, mon portable se mit à vibrer, c'était la police, le commissaire.

– Mme Bertinot ?

– Oui…

– Capitaine Derouet. Je vous avais promis de vous tenir au courant.

– J'attendais votre appel, oui.

– Malheureusement pas d'avancée, le numéro que vous m'avez donné était celui d'un commerce situé à…

J'écoutais tout en me disant, quelle chance d'avoir mon père ici et de pouvoir se confronter à plus de concret… Quelle piste pouvait avoir la police en effet ?… Tant de gens prennent la route je suppose, pour une raison ou une autre, et les pères qui soustraient leur enfant à leur mère doivent se compter par paquets de dix...

Je transmis quand même bien sûr l'appel de Sophie, et annonçai que j'allai sans doute prendre la route pour Paris.

– Un conseil, madame Bertinot. Ne prenez pas de risques. Vous ne savez pas où vous mettrez les pieds. Vous m'avez dit que votre mari vous avait semblé en colère et potentiellement violent... N'allez pas seule.

– Mon père m'accompagne.

Il me dit qu'en effet, quelqu'un de la famille à mes côtés, c'était un gage de sécurité, à ses yeux, et il m'assura que l'enquête était toujours en cours, et que si je collectais de nouveaux éléments, il serait bon que je leur en fasse part.

Je sentais bien dans son discours que je n'étais pas une priorité. Une disparition de trois jours de mes enfants, avec leur père, n'avait encore rien de très inquiétant, vu du côté de la police, puisqu'en plus j'avais eu des « preuves de vie » par les deux appels... Ce qui n'était pas faux, mais devais-je pour ça m'en contenter ?

Je supposai que tout flic qu'il était, si ses enfants avaient disparu, il ferait et penserait bien comme moi !!!

Pendant ce temps-là, mon père avait eu l'agence parisienne au téléphone, et j'attendais qu'il raccroche pour en savoir plus...

– Alors ?

– Alors... La personne que j'ai eue au téléphone était d'abord si évasive que ça ne sentait pas bon du tout. J'ai senti de la gêne, sa parole était hachée, il a soudain baissé la voix... Puis le gars m'a dit qu'il allait sortir du bureau.

– Et ? Tu ménages le suspense dis donc...

– Oui, ben figure toi que lui aussi... Il m'a finalement

dit quelque chose que tu dois être prête à entendre…

– Parle, n'oublie pas que j'aurais pu appeler moi-même et qu'il s'agit de mes enfants…

– Tu réagis avec tes tripes, et c'est normal… Bon, il m'a donné le nom d'une collègue de ton mari chez qui il aurait pu se rendre… Je lui ai soutiré l'info quand il a su que la police était prévenue, et que je lui ai dit que quand ils le contacteraient, il pouvait être accusé de rétention d'information dans le cadre d'une enquête pour enlèvement d'enfants…

– Ce qui est la vérité je suppose… dis-je pensivement, sans avoir spécialement percuté sur ce que venait de sous entendre mon père…

Debout devant moi, il attendait que je manifeste d'une façon ou d'une autre ma réaction à ce qu'il venait de me dire…

Mais j'avais toujours un peu l'impression latente que cette histoire n'était pas vraiment la mienne… J'étais comme anesthésiée… Je me disais que oui, dans les films, il y avait une double vie possible, une maîtresse régulière, ça existait, alors pourquoi pas pour Thomas aussi ?

Ce qui expliquerait alors beaucoup de non dits ou d'exaspération rentrée de notre couple… Tout ça me traversa l'esprit en quelques secondes, enfin c'est la sensation que j'en avais…

Chap. 9
2 janvier, 10h10

– Bon, Camille, qu'est-ce qu'on fait maintenant ?

– Dis-moi ce que tu ferais, toi, je te dirais ce à quoi j'ai pensé…

– Je partirais, moi, vers Paris, au moins être proche d'eux et bouger, aller aux infos…

– C'est ce que j'allais te proposer… Je vais devenir folle ici à attendre… et attendre quoi ?

– Bon, le temps de reboucler ma valise, et pour toi, de préparer deux ou trois vêtements je suppose… et on y va alors ?

– Okay, c'est parti, merci !

Je mis vite fait un sms double à Clara et Sonia, pendant que mon père prévenait Maryse que nous prenions la route. Je reçus instantanément deux réponses d'encouragement. Mes amies pensaient à moi, et me demandaient de les tenir au courant. Elles semblaient rassurées que je ne parte pas seule.

Cette fois-ci nous avions pris ma voiture, une mini récente, plus petite et maniable que la grosse cylindrée de mon père. Pour Paris, ce serait plus facile à garer et à manœuvrer, et pour moi, à conduire aussi si besoin.

Mon père prit le volant pour commencer, et le léger tangage de la voiture m'endormit peu à peu. Je rouvris les yeux au dernier péage…

Mon père avait rentré dans le GPS l'adresse de la personne, une certaine Coline Perricault…

Après avoir passé Vincennes, nous approchions maintenant de la rue en question, un quartier résidentiel de Maisons Alfort. Des pavillons assez cossus défilaient devant nous, il nous restait à tourner une fois à gauche, d'après le GPS, et nous serions arrivés… Il était près de 17h, le jour commençait à baisser, le temps était gris et froid.

Et là, aucune hésitation possible… La voiture de Thomas était là, son gros SUV gris foncé…

Mon mal de ventre me reprit puissance 10… Je sentais que mes jambes refuseraient de me porter alors que j'étais encore assise dans la voiture…

Je ne bougeai pas et ne dis rien. Mon père non plus, sans doute avait-il lui aussi vu la voiture. Il se gara un peu plus loin et coupa le contact…

– Je crois qu'on a mis dans le mille, hein Camille ? me dit-il gentiment avec un sourire en coin, ne sachant pas trop comment j'allais réagir…

– Oui… Avant d'aller sonner à la porte, je vais remettre un sms à Thomas, on ne sait jamais… Peut-être filtre-t-il les appels… Et puis aussi sur les deux téléphones de Soph et Clem…

Premier sms, pour Thomas :

Je suis devant la maison, rue Blaise Cendrars… A toi de voir…

Puis à mes enfants :

Soph et Clem, je suis devant la maison rue Blaise Cendrars avec grand-père.

Maman.

Une minute à peine était passée quand je reçus simultanément les 3 messages d'erreur : *message non distribué, veuillez recommencer.*

Je montrai mon téléphone à mon père qui ne répondit rien, il attendait… Il m'avait déjà dit en prenant la route que quoique je décide, il était avec moi.

Et je ne pouvais rien attendre de mieux de sa part, son soutien était inconditionnel.

Je sortis de la voiture et me dirigeai vers la maison. J'appuyai sur la sonnette de l'interphone. Je vis le rideau d'une des pièces du bas légèrement s'entrouvrir.

– Oui ? dit une voix féminine.

– Bonjour, je voudrais parler à Thomas.

Silence…

J'attendis quelques secondes, me doutant bien de l'étonnement qu'avait dû susciter cette petite phrase, du moins l'espérai-je.

Toujours rien. J'avais le doigt sur la sonnette afin d'appuyer une nouvelle fois quand Thomas apparut sur le perron.

Ce qui me frappa tout de suite fut, d'abord, qu'il était en pantoufles, et ensuite qu'il avait cet air profondément ennuyé de celui qu'on vient ennuyer chez lui alors qu'il voulait être tranquille.

J'ai bien dit « ennuyé », hein, pas du tout surpris ou pris en faute ! Plutôt la tête de quelqu'un qui s'apprête déjà à faire la leçon à sa pauvre femme parano qui a fait tout ce chemin pour se soucier de ses enfants…

– Camille !? Qu'est ce que tu fais là ?!!

Ben voyons…

– Bonjour Thomas, je viens chercher les enfants.

– Tes enfants sont aussi les miens Camille, et j'ai le droit de les emmener en vacances ! me répondit-il d'un ton très agressif.

J'avais en tête ce que m'avait dit le policier.

– Tu as certes le droit, mais pas de partir sans m'en avertir, ni de les priver de leurs téléphones pour leur interdire de communiquer avec moi !

– Ma pauvre Camille, essaya-t-il de bluffer… Tu te fais des films…

– Certes Thomas… Dans ce cas là, je veux les voir…

Je vis, le connaissant bien, qu'il était très déstabilisé par le fait que je ne lui parlai en aucun cas de l'endroit où il se trouvait ni de qui pouvait être cette femme chez qui il était.

– Tu crois que tu peux venir ici sans prévenir, et exiger quelque chose ?

– Je ne le crois pas, j'en suis sûre Thomas. Je suis allée déposer une plainte contre toi. Alors oui, j'en suis sûre !

Ses yeux lançaient des éclairs, je le vis frémir, son honneur était en jeu.

Qu'allait-il se passer si quelqu'un savait que lui Thomas, le cadre sup dynamique et irréprochable, en surface du moins, avait eu une plainte déposée contre lui, et par sa femme de surcroît ?

Il appuya sur un bouton derrière le pilier du portillon qui coulissa.

Il me saisit par le bras, voulant sans doute m'impressionner, sauf que…

– Tu me fais mal et c'est inutile Thomas…

– Elle a raison, et je pourrai toujours témoigner… dit une voix ferme et légèrement amusée dans mon dos. Mon père avait sans doute guetté de loin la tournure des événements et intervenait avant que ça ne tourne mal…

– Tiens, toute la clique est là, gronda Thomas en colère… Même pas eu le courage de venir seule, Camille ?

– Parce que toi, tu es seul ici sans doute ? lui répondis-je très calme avec un demi-sourire, ce qui, je le savais, avait le pouvoir de le faire sortir de ses gonds !

Ce qui ne manqua pas !

– Non, mais elle se fout de moi en plus !

– Pas du tout, et je crois qu'elle vous a demandé à voir ses enfants, et c'est tout ! intervint mon père.

– C'est une histoire privée qui regarde juste ma femme et moi, répondit Thomas.

– Votre « femme », on en reparlera sûrement plus tard, répondit mon père avec le plus de dédain possible dans la voix, mais pour ce qui est d'une histoire privée, je vous le confirme, ça touche la famille toute entière, et je vous rappelle à toutes fins utiles que je suis aussi le grand-père de ces enfants… Donc je vous demande moi aussi, de voir mes petits-enfants.

– Accusez-moi aussi de les avoir maltraités, tant que vous y êtes, explosa Thomas…

Je repris la parole, mon père ayant fait un pas en arrière, se mettant ainsi en retrait momentanément pour peut-être calmer les choses…

– Oui, je ne vais pas le nier, répondis-je. Je pense que tu les as entraînés de force.

Et je savais que Thomas n'en reviendrait pas que je lui tienne tête, ce qui ne manqua pas…

– Mais tu es tombée sur la tête ma pauvre Camille, faut te faire soigner, t'es complètement parano, cria Thomas…

– Une parano qui a quand même porté plainte pour abandon du domicile conjugal et enlèvement d'enfants, sans que la police ne trouve une seconde que ça relevait de la folie ou de la parano !

Au vu de la tête que fit Thomas, j'aurais bu du petit lait, si ça n'avait été l'inquiétude toujours présente pour mes enfants que je n'avais toujours pas vus.

En ce sens, il était en position de force !

– Et donc c'est toi qui es là, mais ça aurait pu être la police alors ? Et puis quoi ? Je suis adulte, j'ai le droit de partir quelques jours sans ameuter la France entière…

Tout en parlant, il roulait des yeux de fou, et faisait des sortes de moulinets avec ses bras… Il avança de nouveau vers moi et me cria à deux centimètres de mon visage :

– Tu veux quoi à la fin, Camille ? Si c'était un flag que tu voulais pour avoir une plus grosse pension, il fallait m'envoyer les flics à 4 heures du mat ! Tant qu'à être pitoyable, tu aurais pu, hein !

– Inutile d'ameuter tes voisins en effet… dis-je très calme. Je me fiche pas mal de ce que tu fais ici, et avec qui. Par contre, je veux voir mes enfants, et je ne bougerai pas d'ici avant de leur avoir parlé. Ensuite, quand j'aurai eu leur avis sur le sujet, je déciderai de la suite que je pense donner…

– Mais c'est qu'elle me menace ! Et toi, tu trouves ça bien, évidemment ?

lança-t-il à mon père, qui ne répondit pas, sauf par un haussement d'épaules, comme si ça avait été le cadet de ses soucis. A noter que Thomas jusqu'à ce jour n'avait jamais tutoyé mon père… C'était sans doute pour le rabaisser, mais c'était peine perdue.

Je repris la parole.

– Alors, Thomas, où sont-ils ?

– Ils sont là, évidemment, qu'est-ce que tu crois ? me lança-t-il.

– Comme je te l'ai dit, je veux leur parler. Ils ont l'âge de décider eux-mêmes s'ils veulent rester avec moi, ou repartir avec nous.

– Non, mais pour quoi tu te prends Camille ? Je suis leur père, et tu débarques, là, pour me donner des leçons ?

– Je me prends juste pour ce que je suis, c'est-à-dire leur mère, c'est-à-dire quelqu'un qui a autant de droits que toi, voire plus, puisque tu as quitté le domicile conjugal, je te le rappelle…

– Tu veux quoi au juste, Camille ?

– C'est pourtant simple, intervint mon père, nous voulons voir Sophie et Clément, et tout de suite.

– Sinon quoi ? lança Thomas.

– Sinon, Camille va au commissariat le plus proche et en avise le commissaire en charge de l'affaire, qui prendra toute décision nécessaire, je suppose, sachant que vous êtes partis sans préavis…

Mon père bluffait un peu, je le savais, et Thomas sans doute aussi.

Mais sa fierté était telle qu'il ne prendrait pas le risque, du moins l'espérais-je.

– C'est petit d'être venus à deux me supplier… Tu me déçois Camille…

Un comble ! Et dire que là, sur le pas de cette maison inconnue, je le voyais enfin tel qu'il était vraiment, et ce depuis toujours, ou au moins depuis très longtemps… Même en tort, il tentait toujours de faire culpabiliser la personne en face, qui se trouvait être moi la plupart du temps…

– Et donc, tu vas les chercher ? répondis-je.

– J'y vais oui, mais crois moi, Camille, tu ne l'emporteras pas au paradis, j'ai une bonne mémoire…

– Va les chercher, oui, et ne t'inquiète pas, ma mémoire est tout à fait correcte aussi… dis-je en souriant, et de fait beaucoup de petits souvenirs oblitérés étaient en train de refaire surface dans mon esprit à vitesse grand V…

– Je vais vous demander de bien vouloir attendre à l'extérieur de la propriété, nous dit-il, menaçant.

– Il n'est pas question qu'on bouge d'un pouce, répondit mon père. Tu crois peut-être être en état de fixer tes conditions ? Tu veux faire quoi, là ? Nous enfermer dehors et espérer qu'on ne puisse plus te déranger dans ton petit cocon ? Je te garantis que ce n'est pas comme ça que ça va se passer, dit mon père en sortant son téléphone de sa part et en commençant à numéroter (un numéro qui me semblait bidon avec beaucoup de zéros, mais bon, l'essentiel était de se faire entendre…)

– C'est bon Edouard… Décidément ta fille a de qui tenir, quelle famille de dingues !…

Tout en maugréant, Thomas reprit le chemin de la maison et flanqua la porte derrière lui.

– Il n'y a plus qu'à attendre maintenant… dis-je.

– Quel pauvre con !… fut la réponse de mon père.

Chap. 10
2 janvier, 19h00

Nous attendions depuis bientôt 5 minutes, le temps nous paraissait bien long…

Enfin, la porte s'ouvrit et mes deux ados en sortirent en courant !

– Maman, t'es venue, trop bien ! Comment tu nous a retrouvés ? C'est glauque ici ! dit ma Sophie.

– Trop bien, grand-père est là aussi ! dit la grosse voix de Clément !

Il fallait qu'il soit content de nous voir pour être enthousiaste à ce point ! Je ne le connaissais pas comme ça !

– Il a pété un câble, papa… On dirait qu'il est ici chez lui, dit Sophie sans penser à mal… Et en plus on est enfermés dans une chambre sans téléphone…

– Ben tu sais quoi, les téléphones, on en rachètera d'autres, s'il veut les garder, on les lui laisse ! intervint mon père. Mais d'abord on va vous remmener, ok ?

– Bien sûr ! Vous aviez pris des vêtements ? Quelque chose à remporter ?

dis-je.

– Mais Camille, tu ne vas pas les renvoyer dans la gueule du loup tout de même ! Tout peut se racheter !

– Non, grand-père a raison, moi je n'y remets pas les pieds ! dit Clément avec l'air bougon qui m'exaspérait tant avant !

– Bon, j'y vais moi, alors, dit mon père. On ne va pas lui faire le plaisir de pouvoir raconter qu'on est partis en douce comme il l'a fait lui ! Je vais même mettre mon portable en enregistrement, on aura une trace comme ça, on ne sait jamais. On n'est jamais trop prudent…

Je n'y aurais pas pensé, mais il avait raison… Quelle histoire… Dire qu'une vie soi-disant bien établie peut en fait reposer entièrement sur des leurres…

Car, si comme le disait Sophie, Thomas était ici comme chez lui, inutile de dire qu'il y venait régulièrement… et depuis longtemps sans doute.

Je me secouai pour que l'amertume qui arrivait ne me submerge pas, pas maintenant. J'avais mieux à faire, rentrer chez moi avec mes enfants et sans doute faire une action en justice…

Mon père sonna donc à l'interphone une nouvelle fois.

La porte s'ouvrit, et ce fut la femme aperçue derrière le rideau, silhouette fragile et fugace, qui apparut à la porte.

Elle était habillée tout en noir, et me parut frêle, et complètement désorientée elle aussi… Etait-il possible que Thomas ne lui ait pas parlé de moi ? Se disait-il veuf ? Non, les enfants auraient parlé… Leur en avait-il donné le temps avant de les enfermer ? Pas sûr…

Toutes ces interrogations fusaient dans ma tête.

Mon père me fit signe de retourner à la voiture avec les enfants. La porte se referma derrière eux…

Je me mis entre mes deux enfants qui, chose inédite, se blottirent chacun d'un côté et mirent leur tête sur mes épaules. Je les tins serrés contre moi et nous retournâmes à la voiture en silence, comme si tout avait été dit pour le moment.

On aurait tout le temps de se parler après !

Il était près de vingt heures. Dès que mon père serait de retour, il faudrait d'abord aller manger quelque chose et faire le point. C'est ce que je me disais en me gavant des odeurs de mes enfants… C'est fou comme ça m'avait manqué d'être leur mère, tout simplement !

Assis à l'arrière de la voiture, mes deux ados étaient muets et blottis l'un contre l'autre. Mon père m'avait briffée, je savais qu'il fallait leur laisser le temps de venir à moi quand ils le souhaiteraient. Je ne devais pas poser de questions, et ce n'est pourtant pas l'envie qui m'en manquait…

Je mis un peu de musique pour passer le temps et me permettre aussi de mettre un peu d'ordre dans mes idées… Le principal était bien sûr d'avoir récupéré mes enfants, mais la suite semblait pour le moins confuse.

Ma décision était prise de toutes façons, je ne voulais plus vivre avec Thomas…

Mais tout de même, je me sentais rétrospectivement trompée, comme si des mois ou des années de ma vie m'étaient volés. Et depuis quand, tout ça ?

Mon père arriva avec un petit sac plastique dans lequel se trouvait apparemment le peu de choses qu'avaient apportées Soph et Clem…

– Alors ? Tu as vu papa ? dit Sophie, inquiète.

– Non…

– Tu as juste vu Coline ?

– Oui…

Voyant que mon père ne voulait pas en dire plus pour le moment, ni les enfants ni moi ne posâmes plus de questions…

Quelques minutes plus tard, la voiture s'arrêtait devant un grand restaurant grill, et peu de temps après, nous étions tous les quatre assis autour d'une table ronde, environnés d'odeurs de viande grillée.

Je découvrais pour ma part que j'étais morte de faim. Quand je vis les yeux de mes deux ados s'écarquiller au vu du menu, je pris conscience qu'eux aussi avaient l'air affamés. En y réfléchissant, je n'arrivais même pas à me souvenir de la dernière fois où nous (Thomas, eux et moi) avions été attablés comme ça tous ensemble, ailleurs qu'à un fast food pour un repas sur le pouce en quinze vingt minutes, les enfants le nez sur leurs portables…

Une fois la commande passée, la conversation s'amorça…

– Bon, alors, vous avez envie de raconter ce qui s'est passé ? leur demandai-je en les regardant tour à tour.

– Ben d'abord, va falloir ab-so-lu-ment qu'on ait des portables… me répondit Clément en séparant bien les syllabes du mot pour que j'en comprenne bien la force ! Et en même temps, j'avais une joie secrète à retrouver mon fils tel qu'il était vraiment.

Si c'était son téléphone qui lui posait le plus problème, c'est que le reste ne l'avait pas trop marqué, pensai-je.

– Tes copains attendront, répondit fermement mon père. Pour l'instant il y a une priorité, il faut qu'on sache ce qui s'est passé, et ce que vous en pensez. Car il va bien falloir que votre mère prenne des décisions, dit il en me regardant tranquillement.

– Pour les portables, on verra ça dès qu'on sera rentré, dis-je énergiquement. Mais que vous a dit votre père pour partir comme ça, d'un coup ?

– Il nous a dit qu'on partait tous les trois pour quelques jours, sans nous dire où ni pour quoi faire. On lui a demandé si tu étais au courant, et il nous a répondu que de toutes façons tu t'en moquais bien… dit Sophie d'une voix éteinte.

– Mais assez vite ça a paru très glauque, continua Clément. Surtout quand il nous a demandé nos portables et ne nous les a jamais rendus après les avoir éteints. Là, on s'est dit que quelque chose ne tournait pas rond, c'est pour ça qu'on a essayé de te joindre quand on a pu…

– Et pis il nous faisait même un peu peur… ajouta Sophie. On ne savait pas où on allait. Il avait mis la musique à fond…

– Et pour finir, on est arrivés chez sa pouffe, pardon maman… conclut Clément.

Je regardai mon père du coin de l'œil, je savais que ça fusait dans sa tête, plus que dans la mienne. J'avais l'impression d'engranger des informations que je traiterais plus tard…

– Pas grave Clem, je t'ai demandé de raconter ce qui s'est passé, ne t'inquiète pas pour moi, lui dis-je d'un ton aussi rassurant que possible.

– Bon, et ensuite ? demanda mon père.

– Ben il nous a enfermés tous les deux dans une des chambres, avec la télé…

Et on les entendait discuter fort, je crois qu'elle n'était pas au courant avant qu'il ne nous ait amenés chez elle… reprit Sophie.

– Donc vous êtes bien d'accord pour rentrer avec votre mère et moi ? Voulut s'assurer mon père.

– Evident ! lui répondit Clem.

Sophie paraissait perdue dans ses pensées, on lui demanda de confirmer, c’était oui pour elle aussi…

– C’est important, continua leur grand-père.

– Je me doute, le coupa Clément, il faut que maman en soit sûre pour qu’on reste avec elle quand elle fera les démarches !

– Tu as tout compris, dit mon père.

Je savais bien sûr que mes enfants n’étaient pas bêtes, mais niveau maturité je crois que je ne m’étais jamais vraiment posé la question… Et je m’apercevais qu’ils avaient un regard très pertinent sur ce qui arrivait, peut-être même avaient ils senti le vent du boulet avant moi…

Les commandes arrivèrent et nous mangeâmes tous les quatre de fort bon appétit !

Je savourais ces instants précieux, sachant que j’aurais à me pencher très vite sur des démarches pas évidentes, et à creuser une situation sur laquelle j’avais sans doute plus ou moins consciemment fermé les yeux depuis un long moment…

Le repas se passa à échanger sur les séries que regardaient mes enfants et que bizarrement mon père connaissait en partie… Décidément j’avais été absente de leur vie trop longtemps et je m’en voulais, tout en sachant que s’il avait fallu en passer par là pour que ça change, alors au moins cela aurait eu du bon !

Chap. 11
8 janvier, 6h45

Le réveil sonne. Katie Melua et ses neuf millions de « bicycles » !

J'entends mes enfants qui bougent déjà, le réveil pour eux est à 6h30. C'est la reprise du collège et du lycée aujourd'hui !

J'enfile un sweat et nous voilà tous les trois dans la cuisine. Clément a lancé un café. Ce soir il amène Clémentine (ça ne s'invente pas !) sa petite amie, à dîner, je ferai quelques courses en rentrant du travail.

Sophie a enfilé une seule manche de son pull, et attrape un croissant tout en fredonnant sur l'air du clip qui passe à la télévision déjà allumée.

Je savoure ce moment avec mes deux ados ; ils ont l'air d'avoir remonté la pente mais ça a été difficile.

Sophie a eu du mal à accepter l'idée que son père n'était pas rentré (moi aussi, j'aurais aimé discuter et lui poser quelques questions.) Mais on a eu seulement le répondeur, et n'avons pu lui parler, aussi bien les enfants que moi-même, que par message interposé…

Aucune discussion, aucune info sur ses souhaits à lui… On en a donc conclu par défaut tous les trois qu'il était resté à Paris dans la maison de son « amie ».

Pas facile pour les enfants d'en parler, et d'ailleurs ils n'avaient fait que l'apercevoir.

Ils n'étaient pas tendres, à juste titre, avec leur père, quand ils en parlaient.

Lâche, avait dit Clem, faux-cul, claironnait Sophie, trop contente que je ne la reprenne pas sur le terme… J'aurais peut-être dû, mais l'idée était là, et je pensais la même chose de toutes façons.

Pourquoi pas encore une fois, nous avoir dit honnêtement qu'il voulait partir ?

On avait donc décidé dans un premier temps, de considérer qu'il était bien passé à autre chose, et que nous trois allions faire notre petite vie.

Sur les conseils de mon père, j'avais contacté une avocate, je devais la rencontrer à la fin de la semaine.

J'avais aussi appelé le policier qui nous avait reçus pour lui faire part des derniers événements. Il m'avait dit de rester « vigilante ». Ce mot tournait dans ma tête ce matin…

On ne peut pas toujours être sur ses gardes… J'avais quand même prévenu les enfants de refuser de partir avec leur père, s'il venait par exemple les chercher où qu'ils soient…

Ils m'avaient assuré qu'ils n'en avaient pas du tout l'intention.

Plutôt mourir que de plus avoir de portable, avait même répondu mon fils, avec un clin d'œil à sa sœur.

Je m'habillai avec ma petite tenue devenue fétiche, celle-la même achetée lors de ma virée perso, et validée depuis par Sophie qui ne rêvait que de me l'emprunter !

Pas de plaidoirie aujourd'hui, j'allais retrouver au cabinet Clara et Sonia. J'avais des coups de fil à donner et des annotations à reprendre sur les dossiers en cours. Je comptais là-dessus pour me changer les idées. Un malaise flottait dans ma tête, et je ne pouvais pas me défaire d'un sombre pressentiment…

L'heure de midi arriva. J'avais demandé à Sophie et Clément de me mettre un petit message à l'heure de la coupure pour me rassurer. Enfin, officiellement pour me dire comment s'était passée leur matinée, ils avaient promis.

A midi vingt-cinq, mon téléphone vibra, alors que j'étais avec Sonia en train de commander un menu salade chez Angel's heart, notre sandwicherie favorite près du cabinet.

Coucou maman, ça va ? Moi oui ! Je peu passer ché Justine c soir voir leur nouvo chio ? Ok ? Biz !

Ok ma Soph mais pas longtemps. 18h max à la maison. Bisous.

J'étais dans l'ascenseur avec mon café dans la main quand je sentis vibrer mon portable dans mon sac banane (emprunté à Sophie, pas de raison).

J'attendis d'être de retour à mon bureau, avalai le reste de cappucino tiède.

Salut maman. Mangé avec ma Clem. Tout est good, A ce soir !

Je tapai aussitôt :

Bisous « mon » Clem. Merci, à ce soir ! Bisous, maman.

L'impression de danger imminent ne me quitta pas malgré tout de tout l'après-midi…

Je repris la voiture en direction de l'hyper où je pensais aller faire quelques courses en vue du dîner avec

Clémentine. J'étais contente de rencontrer la petite amie de mon fils, et en même temps j'appréhendais un peu. Jamais facile de trouver la bonne place dans ces cas-là, mais mon fils avait l'air heureux, c'est tout ce qui comptait, et Sophie était carrément curieuse de la voir !

Le repas se passa très agréablement. Clémentine était une chouette fille très brune de l'âge de Clem, ouverte et joyeuse. Son piercing dans le nez ne me gênait même pas…

Elle anima la conversation en échangeant des blagues sur le lycée et les profs.

Sophie avait l'air en admiration. Ils parlèrent aussi de leur avenir et j'appris qu'ils voulaient tous les deux aller en fac de lettres, avant (ou après ?) un projet de voyage à travers la planète… Je n'intervins pas, sachant que ce serait mieux d'en reparler posément avec Clem seul. S'il avait décidé d'en parler ce soir, c'est qu'il avait ses raisons.

J'avais assurément un fils bien secret pour que leur relation en soit déjà arrivée là sans que je n'en sache rien… mais je tirai une petite vanité du fait que Thomas ne soit pas là pour la rencontrer, un petit privilège qui m'avait été octroyé et dont j'étais fière !

On débarrassa tous les quatre, et puis les deux amoureux décidèrent de se choisir un film et se lovèrent sur le canapé.

Sophie me chuchota, tout en remplissant le lave vaisselle.

– Sympa hein ? Moi je l'aime bien, et toi ?

– Oui moi aussi, et ton frère a l'air bien avec elle !

– T'as pas de nouvelles de papa, toi ?

– Non, je vous en aurais parlé, pourquoi tu me demandes ça ?

Je supposais qu'il lui manquait malgré tout, mais ce ne

fut pas la réponse que j'attendais…

– Ben c'est bizarre, j'ai cru le voir à la sortie du collège ce soir…

Mon sang se glaça… Je savais que quelque chose n'allait pas, j'avais eu cette impression toute la journée, comme si j'étais en faute. C'était en fait, comme quand Thomas était là, et que je me sentais perpétuellement observée et jugée…

– Tu es sûre ? demandai-je à mi-voix. Le son de la télé couvrait de toutes façons largement notre conversation…

Je ne voulais pas que Sophie sente ma peur. Je tentai de dédramatiser…

– En fait, c'est Justine qui l'a vu. Moi, dès que je me suis retournée, il n'y avait plus personne…

– Et Justine, elle est sûre que c'était papa ?

– Ben d'après elle, carrément. Et en plus elle m'a dit que c'était comme s'il essayait de ne pas se montrer… Carrément comme dans les films quoi…

– Peut-être que tu lui manques et qu'il ne sait pas trop comment t'aborder…

– Maman, il sait quand même encore où on habite, hein, si jamais il avait envie de nous voir…

La justesse de ses propos me coupa le souffle…

Je sentis mes jambes se dérober sous moi, et me tins au rebord du bar.

– Maman, ça va ?

– Oui oui, ma puce, juste un peu fatiguée, la journée a été longue. Ça ira mieux avec une bonne nuit de sommeil.

Si seulement… Le sommeil ne vint pas de la nuit.

J'appelai mon père pour lui raconter ce que Sophie m'avait dit et il ne prit pas la chose à la légère, contrairement à ce que j'avais secrètement espéré… On a toujours besoin d'être rassuré par ses parents, même quand on est adulte !

Il me dit tout simplement qu'il prenait ses dispositions avec Maryse pour venir à la fin de la semaine passer quelques jours ici et aller chercher Sophie au collège pendant quelques temps…

Chap.12
9 janvier, 16h

Je referme la porte derrière l'un des témoins que je devais auditionner.

L'entretien a été long, il a duré plus de trois heures.

Je m'empresse de regarder mon portable, je ne me suis pas défaite de l'impression très pesante que quelque chose de malsain flottait dans l'air…

Ce midi, j'ai essayé de joindre Thomas.

J'ai même tenté de joindre son amie. Je pensais que de femme à femme on aurait pu peut-être discuter. J'aurais prétexté chercher à joindre Thomas, ce qui était vrai de toutes façons.

Personne ne m'a répondu, je n'ai pas laissé de message… Sans doute sont-ils au travail tous les deux…

J'ai hésité à appeler son bureau de Rennes, mais ça manquait de discrétion. Je m'étais déjà sûrement fait remarquer en demandant comment joindre mon mari pendant se vacances…

Au pire, je demanderai conseil à l'avocate que je devais donc rencontrer samedi matin, dans quatre jours.

Mon père et Maryse arriveraient dans deux jours, je serai plus tranquille.

Mais c'était comme une prémonition, Certains animaux, oiseaux ou chats je ne savais plus, sentaient l'orage avant qu'il n'arrive, ou l'imminence d'un tremblement de terre, moi c'était pareil. Peu importait qu'il ne se passe rien, une ombre noire planait.

Je le ressentais physiquement, étant prise de douleurs fréquentes à l'estomac que rien ne soulageait.

– Camille ? C'était Sonia. Tu es sûr que ça va ? Je crois que tu as encore besoin de vacances… Quelque chose te chiffonne dans le cas de D. ?

– Non, rien à voir… Merci…

J'avais raconté brièvement à mes collègues ce que m'avait dit Sophie. Le reste, elles le savaient déjà, je les avais tenu au courant. Pour elles deux, c'était le stress post traumatique qui faisait sans doute que Sophie et moi nous faisions des idées…

C'est aussi ce que je leur aurais dit, mais je n'y croyais pas.

– Tu veux faire une pause ?

– Non, c'est gentil, je vais retranscrire l'entretien, ça va aller.

Je repartis dans mon bureau, jetai un coup d'œil appuyé à la photo de mes deux enfants posée sur mon bureau.

Ils se tenaient bras dessus-dessous, sur la plage de la Baule, il y a deux ans…

A dix-huit heures, j'éteignis mon PC.

Normalement, Sophie finissait à dix-sept heures, et aurait dû me mettre un message de retour à la maison, pour me rassurer, c'est ce qui était convenu.

Ne voulant pas laisser la peur ou la parano, me gagner, j'essayai de me faire une raison… Les copains peut-être, et on oublie sa mère… Ou alors plus de batterie…

Je ne croyais à aucune de ces raisons, comme si j'avais été sûre que le ciel allait me tomber sur la tête.

Je me hâtai de rentrer à la maison, espérant la trouver rentrée, avec une bonne ou une mauvaise raison… Tout aurait été bon à prendre, plutôt que le silence qui régnait dans la maison vide à mon arrivée.

J'étais alors plus inquiète pour Sophie que pour Clément. D'abord elle était plus jeune, donc plus influençable, et plus fragile. C'était une toute jeune fille. Oserait-elle refuser de suivre son père s'il le lui imposait ?

Clément était un adulte ou presque, et puis c'était un garçon, donc censément plus fort, peut-être plus apte à se défendre et déjà plus retors face aux manipulations de son père.

Dix-neuf heures et et toujours personne…

J'avais appelé chez Justine. Elle était rentrée chez elle… Oui, Sophie allait bien.

Oui, elles avaient fini les cours à dix-sept heures. Non, elles n'avaient pas aperçu le père de Sophie ce soir.

J'avais mis un message à Clémentine, sans réponse.

J'avais appelé mon père que je n'avais pas réussi à joindre.

Je tournai dans la maison comme un ours en cage. A bout de courage, je me décidai à appeler chez Max et Sonia.

Max décrocha.

– Bonsoir, c'est Camille. J'ai peur. Sophie et Clément ne sont pas rentrés.

Je ne me sens pas très bien, et je ne sais pas quoi faire.

Sonia était arrivée près de Max dans l'intervalle.

– On arrive, ne bouge pas, on est là dans un quart d'heure. Assieds-toi et mange un morceau de sucre, me dit Sonia tout en fermant la porte de chez eux que j'entendis claquer.

Le fait de voir mes amis réagir aussi vite me confirma qu'en fait eux aussi étaient sûrement inquiets, si ce n'est pour mes enfants, au moins pour moi, ou pour ma santé mentale…

A vingt heures, toujours aucun appel de personne, aucune nouvelle de mes enfants qui auraient dû être là tous les deux depuis au moins deux heures.

J'avais l'impression de devenir folle, et que j'aurais dû faire quelque chose pour éviter ça, mais quoi ?

Je voyais, malgré les efforts que faisait Sonia pour rester positive, qu'elle était indécise sur ce qu'il fallait faire. Quant à Max, il faisait des allers-retours à grandes enjambées d'une pièce à l'autre d'un air soucieux.

– Bon, dit Max, maintenant, soit j'appelle mon copain flic, soit tu rappelles celui que tu as vu quand tu as déposé, mais il est temps de faire quelque chose.

J'essayai de me secouer de la torpeur dans laquelle m'avait plongée l'absence de mes enfants…

– J'appelle, oui…

Bien sûr, j'eus quelqu'un d'autre au commissariat. J'expliquai donc, et on me promit dès la première heure demain, de lui transmettre mon message.

– C'est dingue ça… dans quel pays on vit… se lamenta Sonia, jamais moyen d'avoir la bonne personne au bout du fil quand on en a besoin…

– Bon, je tente de mon côté, dit Max.

Pendant qu'il passait son appel, mon père me rappela.

Il paraissait lui aussi très inquiet, et ne savait pas s'ils devaient prendre la route immédiatement ou non.

Je le rassurai, Max et Sonia étaient avec moi. Inutile de prendre le risque de faire la route de nuit, ça ne changerait rien, qu'ils viennent demain s'ils le pouvaient...

Commença alors une attente interminable, pendant laquelle nous appelâmes tous les trois tous les hôpitaux des environs. Aucune personne répondant à ces noms ou signalements n'avaient été admise récemment.

Un mal de ventre sourd me tenaillait de plus en plus. Ce n'était même plus l'imminence d'un danger que je sentais, je savais que l'ombre était juste au-dessus de ma tête et allait fondre sur moi comme un oiseau de proie maléfique.

J'étais incapable d'avaler quoique ce soit.

Max et Sonia avaient cherché dans le réfrigérateur de quoi se caler un peu, ils pensaient passer la nuit ici avec moi.

Clara avait été jointe elle aussi, et avait proposé de se mettre en RTT le lendemain pour prendre le relais auprès de moi.

J'étais sur le canapé, en position fœtale, grelottant plus ou moins. Je repassais en boucle tous les moments précieux que nous avions partagés tous les trois, mes enfants et moi, ces derniers jours...

Je me demandais si leur père était capable, réellement capable, d'un gros coup de folie. En gros, je me demandais s'il les avait enlevés encore une fois, ou pire...

Le fixe sonna. Une voix de femme.

– Allo, madame Bertinot. Je suis vraiment désolée de vous déranger. Je suis Coline Perricault...

La voix était ténue et inquiète...

– Oui ?

– Vous allez me trouver osée mais… Voilà, Thomas est parti il y a trois jours et je n'arrive plus à le joindre. Personne ne l'a revu non plus au siège à Paris, ni à Rennes… Comme j'ai vu votre appel en absence…

J'avais mis sur ampli. Max me faisait des grands signes que je ne comprenais pas…

– Ecoutez, j'attends un appel, je vous rappelle plus tard.

– Oui, je comprends, bien sûr… Merci, à plus tard alors…

Je raccrochai.

– Que voulais-tu me faire comprendre, Max ?

– Méfie-toi, Camille. Je sais que tu crois toujours bien faire, mais sait-on vraiment ce que trafiquent Thomas et elle ? Imagine que ce soit une manœuvre de plus ?

Un éclair glacé me transperça l'abdomen. Oui, il avait sans doute raison…

Pourtant, elle m'avait vraiment paru désemparée, mais après tout, peut-être que c'était une excellente actrice !

En même temps, demain, j'appellerai son bureau si je n'avais pas eu de nouvelles des enfants d'ici là…

Sonia se tenait au courant par sms, Maryse et mon père également.

A 22h, je reçus un sms de Clémentine qui se disait inquiète de ne pas avoir de nouvelles de Clément elle non plus. Je ne savais pas trop quoi lui répondre, et en même temps je ne pouvais pas lui mentir en disant que j'avais des infos, c'était difficile… Je répondis un peu évasivement qu'elle ne s'inquiète pas, mais que je n'avais pas eu de nouvelles non plus…

Sans doute n'osa-t-elle pas m'ennuyer davantage.

Après tout, on ne se connaissait pas beaucoup…

Commença une nuit interminable où je n'osai même pas formuler à voix haute ce que je craignais pour mes enfants. Dire que je croyais que ça n'arrivait qu'aux autres…

Chap.13
10 janvier, 5h00

Je suis assise dans le salon, je ne me suis pas couchée de la nuit, attendant vainement des nouvelles.

Quel père peut s'en prendre de cette façon deux fois de suite à ses enfants ?

Quel mari peut faire ça à sa femme, quelle que soit la valeur qu'il reconnaît encore à son couple ?

Qu'est-ce qui a pu lui traverser l'esprit ? Qu'il ait une maîtresse, soit, le divorce existe, et ma liberté m'aurait été rendue, j'en avais pris mon parti.

Mais ça... Mes yeux me font mal d'avoir passé tant de temps à pleurer, non pas sur lui, mais sur la peur qui me tenaille de ne jamais revoir mes enfants...

Je me lève avec peine et me dirige vers la salle de bain pour me passer un peu d'eau fraîche sur le visage...

Max et Sonia ont dû s'installer dans la chambre d'amis... Ils ont eu raison, je les entends chuchoter...

A six heures trente, mes amis se lèvent.

Sonia ne fait pas mine que tout va bien, je lui en suis reconnaissante.

– Pas de nouvelles ?

– Non, rien, tu penses, je t'aurais dit…

Et je refonds en larmes…

Elle me prend dans ses bras en me murmurant : Je sais, je sais…

Je prends une douche rapide, espérant sortir de ma léthargie, mais quand je me regarde dans le miroir de la salle d'eau, je ne me reconnais pas. Certes j'ai les traits tirés, les yeux gonflés, tout ça oui bien sûr. Mais ce n'est pas ça. C'est la détresse éperdue que je lis dans ce regard. Parce que ce regard SAIT déjà.

Je sais déjà que ce qui arrive sera terrible. On pourrait dire que je courbe l'échine, comme si le malheur était là, dans cette maison, je le sens.

Je tremble en m'habillant, pas de froid non, de peur, une peur immense…

A la même heure, dans un petit village quelque part dans le centre de la France, mon père a préparé ses bagages. Et pendant que Maryse prend sa douche, il vérifie le double fond de son sac de voyage où il a déposé son revolver.

Sa décision est prise depuis un moment, il est résolu. Si Thomas a fait du mal à ses petits enfants, et donc à sa fille, il fera justice lui-même. C'est tout réfléchi.

Qu'on ne lui parle pas de procès ou quoique ce soit, ils finissent toujours pas s'en sortir pour bonne conduite ou grâce présidentielle ou autres très mauvaises raisons…

Il se sent très calme. Il sait que leur destin est en marche. Il ne se fait aucune illusion, toute cette histoire va finir très très mal.

Dans un petit appartement de la banlieue sud de Rennes, Grégoire, jeune policier, embrasse sa compagne, avale son café et se dirige vers le parking où est garée sa moto. Il met son casque, tout en repensant au message de son collègue hier soir. Il va vraiment falloir creuser cette histoire Bertinot, deux disparitions en si peu de temps, ça craint.

Il va s'y mettre dès son arrivée, et commencer par rappeler la mère de famille, voir où elle en est de son côté, et lancer des recherches…

Coline s'étire et se frotte les yeux en entendant le réveil sonner. Elle saisit son portable, pas de message.

Ni de Thomas, ni de sa femme… Elle n'aurait pas dû l'appeler, c'était ridicule et malvenu, elle n'avait pas pu s'en empêcher.

L'inquiétude qui la rongeait avait fait place à un peu de colère et beaucoup d'interrogations. Déjà, Thomas lui avait amené ses deux enfants dont elle n'avait jamais entendu parler. A ne jamais rien demander, aussi, on ne sait rien. Elle s'en voulait.

Comme Thomas et elle parlaient le plus souvent boulot, ou ne parlaient pas, elle ignorait jusqu'au fait qu'il était marié… Elle avait juste voulu se voiler la face, crut que ça pouvait être une histoire sans lendemain, mais elle s'était attachée à lui.

Il lui avait bien semblé qu'il y avait des zones d'ombre dans la vie de Thomas, mais elle ne demandait rien et se contentait d'être là quand il en avait besoin…

Quelle sotte… Et en plus maintenant, elle se faisait du mauvais sang pour lui…

Elle traîna un peu tout en écoutant un vieux vynil de Iggy pop…

Elle ne commençait qu'à dix heures ce matin, mais

allait certainement finir tard, elle devait rencontrer, avec Thomas d'ailleurs, donc sans doute seule ou avec un autre collègue, de nouveaux clients.

C'est ce qu'elle aimait justement, dans son boulot, ces moments où à eux deux, ils faisaient équipe. Elle avait su qu'on disait d'eux qu'ils étaient très « efficaces ».

A quoi bon ?...

Thomas est quant à lui, assis par terre dans ce qui semble être une cave...

Il n'est pas coiffé, il a les yeux hagards. Ses vêtements sont tâchés et dans son regard, ce n'est plus de la colère, mais du désespoir qu'on peut lire...

On ne distingue pas bien autour de lui, il fait trop sombre...

Il n'aurait pas cru que ses propres enfants lui résisteraient autant. Oser refuser de suivre leur père, insupportable !

Il avait été obligé d'employer la manière forte et la colère l'avait emporté au-delà de toute mesure...

Coline attrape son manteau et regarde encore une fois son portable avant de le déposer dans la poche de son sac, toujours aucun message.

Elle aperçoit son reflet dans le miroir au dessus de la console. Maquillée elle pourra peut-être faire illusion...

Elle doit passer à autre chose, elle le sait bien. Construire enfin sa vie avec quelqu'un. Peut-être même avoir un enfant ?

Après tout, pourquoi pas, il est grand temps...

Au moins aujourd'hui, une grosse journée de boulot l'attend, ça va toujours lui changer les idées. A chaque jour suffit sa peine, pense-t-elle.

Elle referme la porte qui mène au sous-sol où est garée sa voiture.

Elle allume la lumière machinalement.
Aperçoit Thomas et l'ensemble de la scène.
Les deux corps de ses enfants à terre, l'un près de l'autre.

Elle pousse un long cri déchirant avant de s'évanouir.

Cet ouvrage a été composé par Edilivre

194 avenue du Président Wilson – 93200 Saint-Denis
Tél. : 01 41 62 14 40 – Fax : 01 41 62 14 50
Mail : client@edilivre.com

www.edilivre.com

Tous nos livres sont imprimés
dans les règles environnementales les plus strictes

ISBN papier : 978-2-414-34098-9
ISBN pdf : 978-2-414-34099-6
ISBN epub : 978-2-414-34100-9
Dépôt légal : juin 2019

Imprimé en France, 2019

Printed in Great Britain
by Amazon

51333843R00066